悲欢离合总是缘

刘墉 著

中国出版集团　现代出版社

图书在版编目（CIP）数据

悲欢离合总是缘 /（美）刘墉著.—北京：现代出版社，2018.9

ISBN 978-7-5143-6887-1

Ⅰ.①悲… Ⅱ.①刘… ②简… Ⅲ.①散文集—美国—现代

Ⅳ.①I712.65

中国版本图书馆CIP数据核字(2018)第170428号

悲欢离合总是缘

作　　者：【美】刘　墉

责任编辑：申　晶

出版发行：现代出版社

地　　址：北京市安定门外安华里504号

邮政编码：100011

电　　话：010-64267325　64245264（传真）

网　　址：www.1980xd.com

电子邮箱：xiandai@cnpitc.com.cn

印　　刷：三河市国英印刷有限公司

开　　本：880mm×1230mm　1/32　　印　　张：6.875

版　　次：2018年9月第1版　　印　　次：2018年9月第1次印刷

书　　号：ISBN 978-7-5143-6887-1

字　　数：85千

定　　价：29.80元

▼ 目 录
▽
▽

自序

悲欢离合总是缘 // 001

亲子情缘

生 死 情 缘

悲 欢 情 缘

再世情缘

天地情缘

往日情缘

离合情缘

自序

直到有一天，你把一切看淡了，

觉得这都是人生来来往往的一部分，

都很美，

你就悟了！

离合悲欢总是缘

秋日午后，一个中年人来按门铃：

"我是砍树的，看见你院子里有不少铁杉。全美国的铁杉都得了病，治也治不好，晚砍不如早砍，正巧我的卡车经过，算你便宜，怎么样？"

我抬头看了看树："还能拖几年，何必急呢？"

"迟早会死，你的树那么多，把铁杉砍了，其他树会长得更好！"

我笑了笑："照您的理论，我们人也迟早会死，岂不都该杀了？"

他怔了一下，大笑起来："说得有理！不过，我砍了几十年的树，发现人跟树一样，不断地变。黑头发成了白头发，然后，不见了，又换成年轻人住进来。大树倒了，小树长大了，一代换一代，不必太认真！"

他走了，十几棵铁杉依然耸立着。我认为，是生命就应该尊重，即使是重病的、将死的，都是这世界的一部分，不能被强加铲除。

只是，他的话，让我想起不久前，一位妇产科医生说的：

"有时候用人工授精，一次植入好几个卵，全活了，怎么办？"医生摊摊手："只好保存一个，其他全在子宫里杀死。"

"保存哪一个呢？怎么知道哪个最好？又怎么杀呢？"我问。

"很难说哪个最好，全看他们造化，靠上方的先淘汰。只要瞄准心脏，一针打下去，那胎儿就死了，渐渐被吸收、消失。"医生平淡地说，"只好这样做，否则谁都活不了。死的，是为生的！"

突然发觉砍树人和这位资深的妇产科医生，竟是那么相近。

❧

每一次到日本京都的清水寺，都要特别绕到寺后的一栋建筑旁。

没有复杂的斗拱，甚至没有遮蔽风雨的围墙。一群小小的塑像，高高低低地摆着。塑像都很拙朴，许多连层口也分不清，但是都挂着鲜丽的围兜，环绕着各色的花朵。

据说这些都是为纪念死去的婴灵而供奉的。许多妈妈，已经白了发、拄了杖，仍然按时前来祭拜——她们那未能长大，便已死去的孩子。

我常想，那些眉目不清的塑像，会不会是腹中未成形，就已流产或被杀死的孩子呢？

那怀念、那愧疚，会不会跟随他们父母一生？抑或

如砍树人和医生所说，死的是为生的。那么平淡、那么
当然?！

有一阵子为林玉山老师编写画论和年表，发现年轻
时创作力旺盛的他，在一九四三年之后，连着两年，几
乎没有作品。我猜是因为他次子的过世，却一直不敢问，
怕触及老人遥远的伤痛，直到很久以后，才试着提起。

"那一年，我的儿子林虎次郎两岁多，正好玩，有
一天我回家，孩子在楼上看到我，大声喊着爸爸、爸爸，
往楼梯跑，大概跑得太快，摔了下来。我冲到门口，孩
子正咽下最后一口气。"林老师的表情很淡远，"伤心有
什么用? 人已经去了! 我拿了纸笔，为孩子画了遗容。"

我惊住了，发现眼前这位老人，竟从年轻时代，就
有着过人的坚毅，无怪乎他能成为伟大的画家。在悲苦
中，他能找到美，用美去洗涤凄凉的人生。

❧

也记得黄君璧老师在世时，曾不止一次对我说，他想把一生的遭遇用图画画出来。

"到时候，我画、你写，成一本传记图画书。"九十岁的老人仿佛成了小孩儿。

只是话不过两年，再见到他，老人的豪情已经消失。

"好久没动笔，总算画了一张，看看诗，新作的，怎么样？"他颤抖地指了指墙上的新作：

浮生如梦杳无尘，
离合悲欢总有因。
一病经年今始愈，
笔飞墨舞又更新。

老人吟诵了一遍，又拍拍我，特别把"离合悲欢总有因"小声地说了一次。

十月二十九日，再到中心诊所，老人的手脚已经全都黑紫了。医生说："只怕大罗神仙也救不了。"

走到老人床前，凝视他平静的面容，额头依然光亮、嘴角也还是那么坚持。护士说他早已昏迷，可是我怎么看，都觉得他在沉思。想些什么呢？想他这九十四年的一生，许多聚聚离离的因缘变化，还是什么都看开、看淡了？如他那句诗：

"离合悲欢总有因。"

❧

前几天，有位精研命理的先生，到我家聊天。许多人闻风而至，都想得个指点。

"我跟我的男朋友很好，却没有缘，总是莫名其妙地，我往东、他往西，聚不到一起。"

"这怎么叫没缘呢？"先生笑笑，"难道从生到死，天天在一起就叫作缘吗？错了！由不认识到认识，由相聚到分离，由相爱到相怨，都是缘。而且愈有离合悲欢，愈牵扯得深,缘也愈重!直到有一天,你把一切看淡了,觉得这都是人生来来往往的一部分,都很美,你就悟了。"

突然想起过去许多人的话,包括那位砍树的老先生、妇产科的医生和心静如水的林老师。

也想起黄君璧老师最后的那首诗。我说:

悲欢离合总是缘!

这本书收录了我近些年的三十多篇散文,并分为"亲子情缘""生死情缘""悲欢情缘""往日情缘""再世情缘""天地情缘"和"离合情缘"七部分,虽然涉及的题材很广,但都属于我较具"人间性",也比较"有情"的作品。

记得某教派宣称"大审判的时间已经来临、虔诚的信徒都将升天"的时候,有人问我:"如果你能升天,而家人不能,你会不会走?走,将是永生;不走,则是人间诸苦。"

　　"留下来！"我毫不考虑地说，"这世上虽然有许多苦难、许多纠葛，但是想想，不正因为有这许多牵扯不完的离合悲欢、生死爱恨，人生才多彩多姿吗？"

　　如果全然无忧，就不知道什么是"无忧"了！

　　如果没有别离，就不懂得珍惜相聚了！

　　如果永生不死，就不知道把握生命了！

　　虽然从许多宗教的观点，都会认为我悟道不足，但在那离合悲欢的椎心之痛与刻骨之伤中，我却发现了人生的价值与美好！

　　愿这本书，能带给有情人、有缘人，一些共鸣与安慰。

　　愿每个人，在面对离合悲欢和无常的人生时，能更豁达，也更真实。

亲子情缘

谁能说老人家不需要亲亲、抱抱、拍拍呢？

谁能说成人不再吸吸、摇摇、吹吹呢？

当我们去细细体味这些与生俱来的「爱」，就会发觉

自己的「本真」，发现我们彼此是多么接近！

拍拍、吹吹、摇摇

拍拍

我知道你在拍我、爱我，

我还没睡着，

你要继续拍，别走开哟！

女儿小的时候，夜里爱哭闹，总要抱在身上，拍着入睡。

一天抱着她，背上有些奇怪的感觉，走到镜子前，才发现，原来她搂在我肩上的小手，也正轻轻地拍着我。

我拍她，是希望她早早入睡；难道她拍我，也希望我跟她一起进入梦乡吗？抑或，那轻轻的拍，是一种呼应，告诉我，她感觉了我的拍、我的爱！

于是我想，那拍，应该是一种天生就会的行为语言，表示"爱"！

但抚爱不更是爱的表现吗？轻轻地抚摸，尤其在背上，是多么特殊的一种感觉，带着一些温暖、一点刺激，引起一种又安全、又兴奋的复杂的感觉，为什么孩子回应的不是抚摸，而是拍拍呢？

拍，是连小动物都喜欢的，尤其狗，当它走到面前，你轻轻拍它的头，那一双小眼睛，就会翻啊翻地，盯着你看。狗不会笑，但由那眼神里，看得出笑。

当然狗也爱被抚摸，只是跟人不一样的，是狗有长毛，所以只能顺着毛摸，由头顺着背脊一路抚摸下去，再重新把手移回头部，向下抚摸。

这下我就想通了，原来"拍"是由"抚爱"变出来的。当我们一下一下地摸，摸的距离短了，不就跟拍相似了吗？

所以拍狗，要顺着毛拍；拍娃娃，如果顺着汗毛的方向，带一点抚摸，那感觉会好上加好。

当然，拍也不限于对娃娃。老师常拍拍学生，表示关爱；父母常拍拍子女，表示疼爱；夫妻常互相拍拍，表示亲爱；朋友常拍拍彼此，表示友爱。连美国的心理学家，都发表了研究报告——

餐馆的侍者，如果有意无意地，轻轻拍拍客人，后来得到的小费常会比较多。

在球场上就更明显了，球员们常拍拍彼此，甚至成为一种仪式般，在比赛开始时，每个人对拍一下手。据说这样有安神的作用。那拍表示的是：不要怕！有哥们儿在！

这就使我对"拍拍"又有了一层想法。

拍着和摸着的不同，就像不断闪动的灯和一直点亮的灯，其间的差异一般。把手摸在身上久了，渐渐不觉得他的存在。如果改成拍，则可以意识到对方。

所以父母在娃娃入睡时，不断拍着，娃娃虽不会说话，却能心里知道——爱我的父母正在身边。

于是娃娃拍着爸爸妈妈，或许也就表示——

我知道你在拍我、爱我，我还没睡着，你要继续拍，别走开哟！

每次，我抱着娃娃，哄她入睡，拍着拍着，发现她的小手不拍了，小胳臂从我的肩膀上滑下来。

我知道，她睡着了！

吹吹

有一次，我从后面吹个长发女生，

那女生回头一白眼：

"有什么冤情？"

　　小时候，眼睛进了沙，母亲给我吹吹；稀饭太烫，母亲给我吹吹；撞到桌角，母亲也给我吹吹。

　　后来想起，真怀疑那吹有多大的作用，只是小时候，觉得吹一下，就好多了！

　　吹，这个动作很妙。没有人能一边吹、一面笑，所以吹的嘴，是很难见到笑意的。但不知是否天生的反应，吹的时候，总会跟着扬眉，那扬眉噘唇的表情，则是充满喜感的。

　　这一边盯着孩子，一边吹的表情，最进得了孩子的心！

　　然后，孩子也学会了吹，吹热汤、吹蜡烛。每个人大概都能记得小时候吹蜡烛，大人说先许个愿，再吹。话还没了，孩子已经鼓足气吹过去。如果能一次吹熄一片蜡烛，那就何止兴奋，更是得意万分了。

　　再长大，吹就有了更多的妙用。吹桌上的渣滓、吹墙角的蜘蛛网、吹女生的头发……

有一次，我从后面吹个长发女生，那女生回头一白眼："有什么冤情？"

那机智和幽默，让我回味了十几年。

吹出来的风，确实有些鬼气。道理很简单，吹是无迹可寻的。你可以甩出一个纸团，然后说不是你甩的，但毕竟有个纸团的存在；你可以大喊一声，然后说不是你喊的，但认得出是你的声音。只有吹，一口气吹出去，赶紧把嘴闭上，那风走得比声音和纸团慢许多，当别人感觉到，谁能认出来是你吹的那口气呢？

除非那口气成为有形的东西。

小时候，我的父亲就常为我吹有形的东西，他把碎肥皂放在杯子里用水浸，再伸手进去，不断地捏、不停地搅。然后，拿个竹做的笔套，为我吹肥皂泡。

后来，我在学校附近的小店摸彩，摸到许多香肠形的气球。人小，吹不动，也就拿给父亲。

总记得，当他眯着眼吹气球时，那吹进去的气，嘶嘶且带着一点回音。每吹一口气，气球就大一分，爆炸的危险也就多一分。

有时候气球炸了，父亲居然能用炸下来的碎片，再吹成一个个小小的气球。

父亲过世，到现在三十五年了，我常到六张犁，他的坟头探望，小心地拔掉每一根杂草，再用鞋底蹭去砖上的青苔。

他的坟前，有一棵高大的木麻黄，一根根针叶落在洗石子的坟座上。许多夹在石子中间，拂下去也捡不起来。

我只好用吹的办法，用力地吹，吹得眼睛直冒金星，吹得直掉眼泪……

摇摇

说不定，当我们终于闭目的那一刻，

才发现，我们的病床是码头，

正有一艘船在等着我们启航……

不知是否因为当我们做胎儿时，都得在母亲子宫的羊水里摇上十个月。这温馨的经验，使我们天生就喜欢被摇。

小时候，要妈妈摇着入睡，在摇篮里咿咿呀呀。只要一摇，就不再哭，就天下太平。

多么令人不解啊！平平静静，反不如摇来摇去来得美。连长大了，都喜欢摇的感觉，荡秋千，荡摇椅，愈荡愈高，愈惊险，愈刺激，愈过瘾！

或许摇的感觉之所以醉人，就在那分刺激。不论摇在羊水里，或摇在半空中，都有一种脚踏不到实地的"虚悬感"。偏偏在这时候，又能意识到母亲的身体，或结实的摇椅，那虚悬与平安交互产生的感觉，就是最吸引人的地方。

每次去新泽西的"大冒险乐园"，我都会坐坐海盗船。

那是一个北欧古式的大船，两头尖尖，挂着骷髅头，中间则有两根吊杆，把船吊在半空。

参加游戏的人，一排排坐在船上，船就开始向两边来回摇动，起初还只像个钟摆，后来愈摇愈高，便有了垂直俯冲的恐怖。从头到尾只见一船人在尖叫，却有人才下船，就又争着去排队。

我想这个玩意，正抓住了人们爱摇的天性。

当然，摇也有许多种。最起码有"规则的摇"和"不规则的摇"。后者因为难以预期将发生的摇动，会让人不安。前者则因为没有变化、使人安心而昏昏欲睡。

摇娃娃入睡，就要用前者，一边摇着、一边拍着，最好还一面唱着，拍着同样的节拍、唱着重复的旋律、摇着同样的幅度，娃娃一下子就能沉入她梦中的船。

据说每个娃娃都是坐船来到这个世界，所以当产房里一夜之间，全生女婴或男婴时，护士们便说，这是一船过来的，全在这个产房停泊了。

居然也就有那么一种人，下了娘胎，还忘不了上辈子坐船的经验。

有一次清晨，乘朋友的游艇出去，海湾里停了许多有舱的小船，全降了帆、投了锚，静静地浮在水上。

朋友把船速放得很慢，说快了会被罚，而且扰人清梦。

我不懂。

他笑笑："你看！那些船全有人住，他们也不是住，而是睡，白天在陆地上班、吃饭，晚上就回这船里睡觉，码头上有专门的'计程船'载他们'上床、下床'！"

"何必呢？"

"他们喜欢浮在水上，被水波摇来摇去的感觉，据说很多失眠的人，都这样治好了！"

胎儿时，妈妈的子宫是我们的船；幼儿时，摇篮是我们的船；成年之后，许多人拥有了自己的船。

我想，佛教说"度到彼岸"，真是有理。

说不定，当我们终于闭目的那一刻，才发现，我们的病床是码头，正有一艘船在等着我们启航。

——那艘曾载着我们到妈妈床边的船！

亲子情缘

我常在梦里就能看见她进家门，
看见她拿起电话，
然后跟着电话就响了。

想念的力量

　　一位修密宗的朋友对我说：

　　"我们修到高深的境界，就能有'念力'和'观想'的功夫，念力是集中自己的意念，不断朝某个方向去想，使原本不会发生的事情，因为'念'而发生。"

　　"这不就是心想事成吗？真好！"我说。

　　"对！如果大家一起念，力量更强。许多宗教集中祈祷，常能产生奇迹，就是念力的表现。"他得意地说，"至于'观想'，就更妙了！当我修到观想的功夫，可以观想你几个月之后发生的事，甚至你到什么地方去演讲，那天会穿什么衣服，都能观想得出来，那是一种冥想，在冥冥中可以看到未来的你。"

这使我想起另一位学静坐的朋友说过的话——

"静坐到了高的境界,就是坐忘,忘了自己身体的存在,好像飘浮在空中,跟天地成为一体,这时候甚至意念到哪儿,人也就可以到哪里,称得上神游太虚……"

❦

跟这两位玄而又玄的朋友比起来,还是一位韩国华侨太太,说得比较实在:

"我把女儿送到纽约来念书,说多不放心,就有多不放心。"她拍着身边的孩子说,"所以我虽然人在韩国,却规定她每天放学回到家,一定要先拨个电话向我报平安。"

"每天?"我说,"这电话费可真不少!"

她笑笑:"不用真通话,只要响一声、挂断,我就放心了。"

"美国的高中生放学,正是韩国时间深夜三四点钟,你不睡觉吗?"

"睡是睡，但到时候就会醒，睁着眼等电话，她要是忘了打过来，我就再也没法睡了，等上两个钟头，实在忍不住，只好拨电话去纽约。不过，倒也真妙！"她露出神秘的笑：

"不知为什么，日子久了，我常在梦里就能看见她进家门，看见她拿起电话，然后跟着电话就响了。问题是，女儿每天到家的时间不可能一样，我却总是能够那么准地'看见'，所以这绝不是'预期'，而是母女连心的心电感应！"

于是又使我想起以前读过的一则真实报道：

两个孩子在湖上泛舟，突然船身开始大量进水，正巧孩子的母亲从屋子里，用望远镜观察孩子，于是疯狂地对孩子喊："椅子下面有救生衣！"

问题是，那做母亲的是在室内，就算不隔着厚厚的玻璃窗，远在几百米之外的孩子，也不可能听见她的喊声。

　　只是，也就那么奇妙地，两个孩子竟在千钧一发的时刻，找到了救生衣。

　　历劫归来，孩子说："我们听见妈妈的声音，好像就在耳朵旁边，对我们说：'椅子下面有救生衣！'"

　　当年看完那则报道，我不断地思索："难道像是武侠小说里'传音入密'的功夫吗？这传音入密或许不是真正通过声音，而是透过心灵，是一种心电感应。"

　　如今，把这两个真实故事，跟修密、静坐的朋友相对照，则有了另一种领会——

　　"那或许也是'观想'和'念力'的表现吧！"

❧

　　儿子进大学，已经念到第二年，妻却坚持要去学校一趟。

　　"那么远，又不是新入学，何必呢？"

　　"因为他换了新的宿舍，我非去看一下不可。不看就没有想象点。"

"想象点？"我不懂。

"就是当我想他的时候，心里出现的画面。我可以想象他正在回宿舍的路上，他正上楼梯，他在做功课，他上床睡了……"妻心神不宁地说，"现在我连他房间什么样子都不知道，怎么想呢？"

于是，我们又百里迢迢地去了一趟哈佛。

接着，我回到台北，并在深夜接到儿子的电话。

不知因为隔半个地球，电话的声音有些变化，还是因为儿子离家久了，对我有了更深的亲子之情，总觉得他的声音有些抖，像是带着一种特别的激动。

挂下电话，心中浪潮起伏，孩子从小到大，许许多多的画面飞上眼前。我突然想起手边有一份哈佛简介。

缓缓翻到最后一页，那张大学城的地图。我用手指沿着先前到他学校时，经过的路线移动，过了桥，过了热闹的车站，过了那个弯弯的、镶着金字的大门，向左转，第三栋房子，我的手指停在他的宿舍门前，如同我们的车，停在他的门前一般。

　　我居然觉得自己上了他窄窄的楼梯，推开他的门，看见我仿佛不去思念，却日夜在冥冥意识中思念的孩子。

　　我想，我也有了观想的能力。

亲子情缘

在女儿的一笑中

父亲竟发现了他恋爱时妻子的娇羞。

在女儿一甩长发的刹那，

老男人竟然回到了五陵白马的少年……

爹地的小女儿

少年时交女朋友，最怕碰到两号人物。

第一，是她老爸。电话那头，闷沉沉一声"你是谁"，吓得小毛头连名字都忘了。

第二，是她老哥，咔咔咔咔，一串重重的木屐响，就知不妙。门打开，探出个横着眉的大脸，另加一双粗黑的手臂，把着门两边：

"你是老几？敢泡我老妹？"下面的话，不用他说，小子自当知道——"下次再敢来，给你一顿臭揍！"

至于她老妈，是不用担心的，啰唆归啰唆，骨子里却善。她可能问你祖宗八代，原因是已经设想，将来把女儿嫁给你。她也许把你从头到脚，瞄了又瞄，但那"审阅"里，多少带些"欣赏"的意思。怪不得俗话说"丈母娘看女婿，愈看愈有趣"，却几曾听说"老丈人看女婿，愈看愈有趣"的呢？

妙的是，当小女生找男生的时候，这情势就恰恰相反了。他的老爸总是和颜悦色，眼里带笑；他的老妈，可就面罩寒霜，目射电光了。

碰到他老姐、老妹，更不妙，冷言冷语，不是带酸，就是带辣，尤其站在他老娘身后，小声小气地说暗话，最让小女生坐立难安。无怪乎，自古以来，就说"婆媳难处""小姑难缠"，却少听见"公公难对付"这类的话。

❧

这一切，说穿了，就是同性相斥、异性相吸。婆媳、岳婿是如此，父母和子女之间也一样。

父亲常疼女儿，妈妈常疼儿子，这虽不是定律，占的比率总高些。心理学更有所谓儿子仇父恋母的"俄狄浦斯情结"，和女儿恋父仇母的"厄勒克特拉情结"，尤其是到了十三四岁的青春期，情结愈表现得明显。

这时节，女儿和儿子，在父母的眼里，也愈变得不同。过去挂在脖子上的小丫头，一下子，成了个羞羞答答的少女。表情多了，心里老像藏着事，愈惹父亲猜怜。女儿大了，似乎愈来愈能取代她的母亲，学会了管爸爸，也能下厨、洗衣服、照顾老子，甚至跟父亲谈心。

这时候的父亲总是中年了，青年时夫妻的激情，已经归于平淡；中年的妻子，语言变得不再那么婉约，容貌也不再如年轻时的清丽。突然间，在女儿的一笑中，父亲竟然发现了他恋爱时妻子的娇羞。在女儿一甩长发的刹那，老男人竟然回到了五陵白马的少年。

儿子在母亲的眼里，也是这样。小捣蛋，曾几何时变成鸭嗓子，又曾几何时，粗壮了胸膛。朋友打电话来，直说分不清是男孩子还是男主人的声音，连自己打电话回家，儿子接，心里都一惊，这孩子多像他爸爸！

　　而他爸爸已经秃了头、挺了肚子。有时候，丈夫不在家，只儿子一个人陪着，反觉得更有安全感。

　　揽镜悲白发，为自己的青春将去，皱纹难掩，正伤怀的时候，儿子突然从后面把老妈一把搂住，说妈妈比外面女生都漂亮，将来娶老婆，就要像妈妈这样的。浅浅几句话，不论真假，是多么暖心！

　　偶然，儿子一句"妈！你穿黑袜子和短裙，真漂亮"，居然，不自觉地，便总是穿那套衣服。经过多年丈夫的漠视，将要失去的自信，竟从这小男生的言语中，突然获得了补偿。

　　只是，这样可爱的老爸的乖女儿、老妈的乖儿子，那个从自己的春天，伴着走到秋天的孩子，总是把老爸老妈放在心中最爱的儿女，居然有那么一天，遇见一个八竿子打不着的人，带回家来，又急急忙忙，没等父母看清楚，就拉进自己房间，又拉出大门。

　　长发一晃，裙脚一甩，高大壮硕的背影、父母永远心中的最爱、小小的恋人，丢下一声"拜拜"，竟飞出门去。

　　站在门内的，两个已经不够劲直的身影，瞬时怕又苍老了一些。多少不是滋味的滋味，袭上心头，喜的是：儿女长大了，能自己飞了。悲的是：奇怪，这家里的人，过去嫌吵，现在怎么突然冷清了。恨的是：他！她！居然好像把我们从他心中"爱的排行榜"，由第一、二名降到二、三名。

　　第一名，竟然是那个死丫头、浑小子！

　　多年前，有个老朋友打电话来，笑说："把别人未来的老婆，抱在自己腿上，真是人生一大快事。"

　　我惊问，才知他是搂着他自己的小女儿。

　　也记得年轻时读古人笑话集，说有个老丈人，女儿新婚之夜，与宾客夜饮，突然大叹一口气："想那个浑小子，现在必定在放肆了！"

过去，对这两件事没什么感触，而今，新生的女儿不过四岁，居然总是想起。

多么谑的笑话，却又多么真实！笑中有泪、有不平、有无奈。尤其是那个嫁女儿的老父，一方面强作欢笑地应付宾客，却又难以接受爱女"变成人家床上人"的事实。

曾参加一个朋友女儿的婚礼。向来豪爽不羁、爱开黄腔的老友，挽着女儿走过红地毯，送到男孩子的身边。

当新郎为新娘戴上戒指，女孩子的眼里滚下泪水。回头，她的老父，也湿了眼眶。

只是，我想：他们的哭是同一件事吗？

做父亲的，必定是哭他小天使的离开。

做女儿的，是哭与父母的别离，还是感动于"爱的相聚"？

❦

跟洋人比起来，中国人闹洞房，要厉害得多。吃苹果、捡豆子、衔酒杯，甚至像《喜宴》电影里的"两人在被窝里脱衣服扔出来"。

只是洋人婚礼，有个最狠的节目，外表很美，却蚀到骨子里。

觥筹交错，歌声舞影，在新婚宴会欢乐的最高潮，音乐响起，宾客一起鼓掌欢呼。

新郎放下新娘的手，新娘走到中央；老父放下老妻，缓步走向自己的女儿，拥抱、起舞。

《爹地的小小女儿》（*Daddy's Little Girl*），这人人都熟悉的歌，群众一起轻轻地唱：

> 你是我的彩虹
>
> 我的金杯
>
> 你是爸爸的小小可爱的女儿。

拥有你、搂着你

我无比珍贵的宝石！

你是我圣诞树上的星星

你是复活节可爱的小白兔

你是蜜糖、你是香精

你是一切的美好

而且，最重要的：

你是爹地永远的小小女儿……

我常暗暗祈祷，将来女儿不要嫁给洋人。即使嫁，婚礼时也千万别奏这首曲子。

我知道，当音乐响起，女儿握住我的手……

我的老泪，会像断线珠子般滚下来。

生死情缘

每一次远行，离开家，

在面对前方的战斗，与回头的依依不舍中，

我都想：

当有一天真正辞世，我会采取哪一种姿态？

当我远行的时候

　　带八十四岁的老母回台湾，入关前，在机场为她填写再出境的申请书，非常惭愧，我居然忘了外公、外婆的名字。

　　"姥爷和姥姥叫什么？"我转身问母亲。

　　老人家皱着眉，想了想，突然扑哧一笑："唉！我爸爸叫什么？唉！早忘了！死都死了，随便写个名字吧！"

　　话没完，四周的人全笑了。

　　老人家这几句话，倒解了我近年的疑惑。除了我干姐姐过世，母亲翻照相簿，总要感伤一阵，怨她干女儿

苦命，活得太短之外，她的老朋友、亲戚辞世，老人家
都表现得出奇平淡。

"看到信封，是他的地址，不是他写的字，我就知道
他死了。唉！活受罪，死了倒好！"

"上个月接到她电话，听声音，就知道不妙，哪儿想
到死得那么快，现在烧都烧了，还能表示什么？自己上
天国，好好过日子吧！"

或许正因此，母亲虽然前后两次回老家，为的是见
垂死亲人的最后一面，却难得在接到讣闻之后，有什么
表示。每次在北京，停留总有半个月，连北海公园都逛
了，亲人们也聚了又聚，却未见老人家去扫过墓。

总是那句老话："死都死了，还看什么？"

❦

倒是她的一位老朋友，比较有心，特别在自己的墓边
多买了块地，说是送给我母亲，将来当邻居，做个伴！

去年，我更在深坑的山里，建了个寿墓，中间墓座

用红色花岗石，底座用"非洲黑"，后墙铺青石，四周种杜鹃、茶花和龙柏。

老人家回台湾，顺便去验收，点头笑笑：

"挺漂亮！活着都没住花岗石，死了倒风光。"

"将来把老爹的骨灰一块移过来。"我说。

老人家居然一摆头："算了吧！分开几十年，各住各的，还舒服点！"

我愣住了，想起三十五年前的六张犁山头，坐在地上哭喊的母亲，一面踢着腿，一边用头撞父亲的墓座，额头上都渗出了鲜血。

而今，她居然平淡了，连返台，都是在我三催四请之后，才去老爹的坟上看看。

回到纽约，提到深坑的寿墓，老人家嘴里说"好"，也没见什么满意之色。

有一天，经过离家不远的公墓，老人直盯着看，居然说："死了埋这儿，多好！离家近，随时都能看到你们。"

　　我突然了解，她宁愿葬在活人的附近，也不希望埋在死去的亲人身边。

　　"看活人多有意思，看死人多没意思！"老人自言自语地说。

　　我想，人对于死，有两种不一样的态度。

　　一种人像是电影《第六感生死恋》当中，尘缘尽了，无牵无挂，转身，目对着人世，面对"往生"的"神光"而去。

　　一种人，舍不得这个婆娑世界，虽然不得已，被往生的力量拉走，却面对自己在世的亲人，伸开双臂，希望抓住亲人的怀抱，甚至只是人间的一丝一缕。

　　前者，背对着人世飞走。

　　后着，面对着人世离开。

　　前者，超脱了世俗的爱恋，是"回"天家。

　　后者，依然是恋世的情怀，是"去"异域。

　　每一次远行，离开家，在面对前方的战斗，与回头
的依依不舍中，我都想：当有一天真正辞世，我会采取哪
一种姿态？

生死情缘

把行李打开，走上舞台，

不管一切的掌声与嘘声，放情而忘情地演出，

然后走下舞台，

走向人生的下一站……

此生无悔

芭蕾巨星纽瑞耶夫病逝了，各种媒体都做了连续的报道，但令我印象最深的，不是他舞台上的英姿，或重病时的憔悴，更非他的万贯家产和显赫的成就，而是他临终时说的：

"我这一生什么都经历了，此生无悔！"

❧

这使我想起三十年前，也在巴黎去世的一位女歌星艾蒂丝·皮耶芙临终前唱的一首歌：《此生无悔》（*Non, je ne regrette rien*）。

比较起来，他们的遭遇竟有几分类似。

同样有着贫苦的童年，被母亲遗弃的皮耶芙，从儿童时代就跟着在马戏班当特技演员的父亲，东西漂泊地卖艺。纽瑞耶夫则生在火车的车厢里，八岁看过一场芭蕾舞之后，就决定走这条艰苦的道路，毅然在少年时离开家。

他们同样地，二十岁之前就在舞台上崭露了头角，然后以舞台为家，甚至以舞台作"故乡"，直到生命的尽头。

我至今仍清晰地记得，那自称是"小麻雀"的皮耶芙，穿着她像是流浪儿的破旧衣衫，在舞台上引吭高歌的神情。虽然已是多年前电视上播出的纪念专辑，但她那嘹亮而放情的歌声，总回荡在我的耳际。

那确实是一种"放情"，仿佛把身边什么事都忘了，只有她自己，放开声音，打开心房，把一切摊在天地之间，一无隐瞒……

纽瑞耶夫也是这样，他说："只有在台上的时刻，我才活着！"当他上到舞台，似乎能完全变成另一个人，浑然忘我，用他的肢体展现出生命的光辉。

他们都不知道自己的"根"在哪里？终年的演出，使他们的生命仿佛是用行李堆成的。

他们也都是敢爱敢恨，而令人争议的。皮耶芙后来嫁给比她年龄小二十岁的男子，瘦削而且仿佛日渐缩小的她，站在年轻丈夫身边，如同一条被榨干水分的小蔬菜。

纽瑞耶夫则在巴黎机场演出"跳过栅栏，从四周呆愣人群中消失"的画面，并在不为人了解的情感生活之后，因为艾滋病而失去了生命。

皮耶芙死时四十八岁，纽瑞耶夫也不过五十四岁，许多人都说，如果他们珍惜一点自己的生命，应该长寿得多。也有人讲，演出既然是他们的生命，倾一切精力去表演，正是他们把握生命的方法。

最重要的，是他们都说：

"此生无悔！"

✍

他们都死在寒冷的季节，都有着上千崇拜者，冒着凄风冷雨，排着队，前去悼念。

我常想，他们在我心中，真正留下的伟大印象，与其说是芭蕾和歌唱的成就，不如讲是那认定方向、决不迟疑、勇往直前的生命态度。

把行李打开，走上舞台，不管一切的掌声与嘘声，放情而忘情地演出，然后走下舞台、回到旅馆、收拾行李，走向人生的下一站。

匆匆一生，或许也只是他们演出生命的其中一站。

多么美丽的谢幕词啊——

"此生无悔！"

生死情缘

『死而无憾』，
有几个人能死而无憾呢？
真正令人惊悸的是……

今生无憾

　　"我们家族有个不成文的规定，"一位朋友对我说，"就是只要火车能到的地方，非不得已，绝不坐其他的交通工具。"

　　"为了安全？"我问。

　　"不！为了曾祖母临终的一句话，"朋友摇摇头，"她说一辈子没什么遗憾，唯一遗憾的是'没看过火车'。"

　　"因为那时候，你家乡没火车？"

　　"早有了！据说安静的时候，还能听见火车的汽笛，可是我曾祖母为了照顾一大家子，听火车，听了好多年，居然没能走几十分钟的路，去看看火车。"他抬起头，盯着我，"你能想象吗？她一生的遗憾，竟然是没见过火车。而更大的遗憾，则留给了我的曾祖父，他说让妻子忙碌一辈子，没见过火车就死了，也是他一生的遗憾。"

"从此，我们家族就总是坐火车，为了曾祖母坐、为了曾祖父坐！"他喃喃地说。

小时候，父亲请一位朋友全家来过年，那家的老奶奶已经八十多岁，吃完年夜饭，没下桌，老奶奶笑嘻嘻地说："今天可开斋了！"

父亲那位朋友当场脸色就不太对。当大家聚在客厅守岁的时候，他居然一个人躲在厕所哭。

父亲跑进跑出地劝他，不准我问是怎么回事，只说叔叔喝醉了。

那位老奶奶不久就死了，没过几年，她的儿子也因肝病去世。

从殡仪馆回来，母亲偷偷对我说："他家好多财产，都被那叔叔输光了，后来穷得差点没饭吃。所以当老奶奶表示好不容易吃到肉的时候，她的儿子就伤心了。"母亲叮嘱我说，"爸爸妈妈活着的时候，好好孝顺，别像那位叔叔，临死还念着：'我对不起我娘。'"

儿子刚出世的时候，有一位护士常到家里来推销奶粉，时间久了，也就变成我们的好朋友。

护士的丈夫是位军医，因为待遇不好，孩子又多，护士不得不在下班之后，还抱着大罐小罐的奶粉，赶一班又一班的公共汽车。

军医后来退伍转入社会，没几年，自己开了诊所。他的妻子居然还在推销奶粉，说是刚买的房子，分期付款太重。

我出国不久，接到朋友的信，说那位护士死了，乳腺癌！知道的时候，已经是末期。她自己做护士、丈夫又是医生，居然乳腺癌拖到没有救才发现。

　　写信的人，淡淡几句："夫妻俩太忙了，大概连摸摸太太乳房的机会都没有。临死，护士哀号：'我太冤了！连新买的彩色电视，都没看过几眼！'"

　　美国电视新闻，播出专题：

　　一个慈善团体，招待俄国特殊儿童，游迪士尼乐园。

　　成群的孩子飞抵佛罗里达的奥兰多，孩子们居然坐着轮椅、挂着点滴。一个戴着帽子的小孩，摘下帽子，露出半根毛发都没有的苍白的光头。

　　他们都是患了绝症、不久于人世的孩子。

　　人生才起步啊，他们却已经要结束了。

　　画面里，有孩子们在扶持下，进入游乐设施的镜头。几个孩子举起手，作出"V"字形胜利的手势。

　　那些孩子都在笑，四周看的人却哭了。

　　笑的孩子说：

　　"好高兴，我终于看到了米老鼠，这是我一生的梦想！"

〰️

　　读唐诗，李白的《行路难》，写陆机临死的时候说："能不能让我再听听华亭的鹤唳？"

　　诗里又写李斯，在被腰斩前，对儿子感叹地说："我想跟你，再牵着咱们家的黄狗，臂上站着苍鹰，一块儿出上蔡的东门，去逐狡兔，只是还能办得到吗？"

　　合上书，心情有些沉重，放一卷录影带《青少年哪吒》。其中一段是两个不良少年，偷东西被发现，一个跑得慢，被打得半死。

　　不敢求医，后来逃脱的人把伤者扛回了自己家。满脸是血、性命堪虑的少年，居然喃喃地说，真希望有个女孩子能抱抱他。

　　录影带放完，转回电视，正放映曾被台湾禁演的《午夜牛郎》，剧中将结束的一段——

　　重病的达斯汀·霍夫曼所饰演的角色，在朋友的扶持下，用仅余的一点钱，买了到梦想中的土地，佛罗里达的长程车票。车子一路南下，愈来愈暖和了，渐渐有些棕榈和蓝天艳阳，车里去度假的人开始兴奋，达斯汀·霍夫曼饰演的角色却等不到最后一刻，静静地死去了。

"死而无憾"，有几个人能死而无憾呢？

真正令人惊悸的是，许多人的憾，竟然只是看看火车、电视，吃某样东西，游某个地方，或搂到一个人。

那竟然是每个人，只要在活着的时候，稍稍加点心意，就能完成的理想。只是因为忙碌、因为拖延，一年年遗憾下来，直到再也没有明天可以实现的死亡。

而且把这种遗憾留下来，成为别人的遗憾……

生死情缘

来于尘土的归于尘土，死的最高境界，或许正是睡成大地的一部分。如此说来，这满眼的苍凉，就反而有些可喜了。

墓园箫声

去父亲的坟上扫墓，顺便往高处爬爬，一方面作为健身活动，一方面眺望远处的台北市。

这是个老旧的墓园，最新的墓也有三十年了。石阶都已经颓圮，有些墓因为地层滑动而倾斜，至于原本光丽的大理石碑，则由于酸雨的侵蚀而满面黑斑。倒是花草繁茂、树木葱茏，且因为疏于照顾，各自欹斜，而有了一种庭院深深的感觉。

用"庭院深深"来形容山坡墓园，我认为并无不妥。因为庭院之为庭院，必须有建筑掩映其间，而那建筑又必不能新，新房子就算有树木浓密的庭院，也少一分"深深"的感觉。

于是这断垣残碑，与深深庭院，便成了最好的搭档。一物凡至于残破，不论它是木造、石造，或砖，或瓦，虽然失去了原有的光鲜，却能成为自然的一部分。

看！那藤蔓爬满了墓墙，后面的泥浆随着雨水流进一块墓地，放肆的青苔和小草又在那一条泥浆上生长起来，且开出小小的白花。舍去"残破"，从另一个角度看，不是更自然天成吗？

来于尘土的归于尘土，死的最高境界，或许正是睡成大地的一部分。如此说来，这满眼的苍凉，就反而有些可喜了。

当然，也非所有的墓都残破。很可能才转过一个蔓生芒草，已不见碑文的墓，就看见一个光洁整齐的小园。下面红色的钢砖，虽然还是几十年前的东西，却不见一丝青苔。两侧的龙柏，仍然直直地立着。墓碑显然经过刷洗，重新贴的金箔铭文，在阳光下闪闪耀眼。

"儿子发了，重修的！"陪我上山的管理员说，"你如果发现有些小墓，却做得特别讲究，八成是有个得意的子孙，他们虽然有钱移葬到更大的地方，但坚持守在这个小角落，为的是相信祖坟风水好，所以不敢动，连一寸都不敢移。"

管理员已经七十了。记忆中，父亲入葬时，他就在这儿，一个年轻健壮的小伙子，每年清明跑前跑后地当着家属面前洒扫，并收下一个又一个的红包。随着墓园的衰老，小伙子也弓了腰。只是仍然看他冒着大太阳，气喘吁吁地为人修墓。不知他心里是怎么想，半辈子在墓穴里爬进爬出，"有进无出的日子"却也不远了。

当年满山青烟，冥纸飞舞、人头攒动，甚至哭声幽幽的清明场面，早已不复可见。一方面因为山路到了清明管制，人们分散在清明前后上来；一方面不再允许纳入新坟，旧坟移葬也不得转卖，新陈不能代谢，子孙远了，祖先也就变得寂寥。

　　"迁葬"也是使这墓园越发零乱的原因，隔不多远就见个小池塘，实际不是池塘，而是棺木移走之后留下的墓穴。

　　"这个墓园迁葬的特别多。上个世纪五十年代死去的，那些大陆来的，在台湾只住了不过十年，一心念着老家。子孙孝顺的，记着老一辈的遗嘱，大陆开放，就把尸骨移了回去。当然，为了这个，也闹不少事，有一回在山上差点打起来。"

　　"是有家人反对？"

　　"太太的娘家反对！老头子来台湾没几年又娶了，大陆生的儿女，硬要把老子归葬回乡，跟他老娘埋在一块。台湾太太生的子女却要留下来，说怎么能挖掉半边，让他刚死的娘一个人睡？"老管理员笑笑，"这种死掉一个人，修成双穴，另外一边活着的刻红字，或空着不刻的'寿墓'，造成的麻烦可大了！"

　　看我不懂，他挥挥手，引我走上小路，到两座坟前：

"你瞧！都是双穴，一边空着的寿墓。左边这个墓死的是丈夫；右边这个墓，死的是太太。两家原是好朋友，又先后办丧事，所以墓地买在一块儿。"

"不是很好吗？有个伴儿！"我看看墓碑，"算来两家活着的另一半，都九十多了吧？不简单！"

"才麻烦呢！"老先生干笑了几声，用扫把敲敲左边的坟，又指指右边的墓，"真倒霉，这两家的另一半，大概扫墓碰上了，出去玩几趟，结了婚，死了一块埋在后山，剩下这里两个半边坟，真可怜！干脆，送做堆，俩并成一个。"他大声对那个墓喊着，"你们俩结婚算了！死守着干什么？等不到啦！"

山头到了，有个小亭子可以远眺，凛冽的风从亭子另一侧吹来，许多树往这边弯腰，顺着树梢望过去，多么壮观的画面啊！成千上万座白白的墓碑和坟头，布满整个后山的山谷。

向前看，是父亲埋葬的这座老墓园，显然残破多了，只是开发得早，所以位置好，正对着台北的十里红尘。

二十多年没登上这个山头，台北的样子全变了，一座座高楼，整齐又不整齐地站着，倒与这山前山后的景象十分协调。

"城里的楼盖得愈高，这山里的坟就愈漂亮。"老管理员也站到了亭子旁边的石椅上，遮着眉头往远处看，"活的时候住得讲究，死了当然也不能马虎。"他转过身，"你等着看，后山还在盖呢！愈盖愈大，还要造楼，一次装几千个骨灰匣子，将来后面的风景，可不比前面的台北差！"

他又干笑，不知是否因为带点哮喘，竟有些像是破破的箫声……

生死情缘

想必每一个别离，也都有着「牵衣顿足拦道哭」的剧痛。只是久了、常了，人在天涯，那激越的情怀也就淡了。

先得救自己

三岁半的小女儿得了重感冒，高烧发到三十九度，半夜抱起来喂药，先吃一匙止咳化痰的糖浆，再灌两管退烧药，又弄了一大匙消炎的抗生素。怕伤肠胃，还硬是塞下半瓶奶。

抱回小床，一下子就昏昏迷迷睡着了，只是鼻子呼噜呼噜地，接着呼吸转急，突然猛烈地咳嗽起来，然后捂着嘴大声地哼，我和妻冲到床边，一面为她拍背，一面叮嘱：

"千万忍着，别吐啊！"

只是说时迟，哇地一大口，已经顺着她自己捂着嘴的小手间，吐了出来。

　　带她冲进浴室，俯在抽水马桶上继续吐。小丫头两手扶着马桶坐垫，浑身颤抖，一面吐、一面哭、一面摇头，那哭声里似乎充满自责，怪自己为什么吐了出来。

　　过一阵，呼吸平复了，我和妻忙着清理，小丫头自己走回床边，居然直挺挺地坐着，抬头盯着妈妈，张开小嘴——重新服下三种药。

　　那些药，我没尝过，相信一定很苦。平常小病，连喂一勺，都得大动干戈；但是今夜，她却自己张开了嘴，紧紧蹙着眉，咽下去，再抢过杯子喝水。

　　她是因为病得太痛苦了吗？知道不吃不行了吗？还是与生俱来的求生意志，战胜了难以下咽的药水？

　　小时候家里养了只大黄猫，凶猛壮硕得像头小老虎。常嘴里叼着东西，一头冲进屋里，躲在床下，像虎姑婆似的咬得咔啦咔啦响；吃坏了，则兀自跑到院子里吃草，然后伸长了脖子呕吐。

邻人插满尖玻璃的墙头，对它来说，真是如履平地。偶尔失了足，则蹲在一角，自己舔着脚上的血，想为它缠个绷带，真像要杀了它一般。

只是不知怎么得了病，皮下浮肿，整个变了形，看它实在痛苦不堪，我向朋友借了个铁笼子，打算带它去看兽医。

我把铁笼放在地上，喊那猫的名字，它缓缓走出来，我指了指笼子："进去！带你去看病！"

它居然自己走进去，躺了下来。

至今，我还常想到它，不懂为什么这个顽强的小东西，突然变得顺服。

是生死关头，为了自救，还是把自己全然放弃，听从了上天的安排？

❧

读佛学书籍，非常感动于其中一段，大意是：

"释迦牟尼传道，不带宗教色彩。他鼓励大家生活纯正，克制欲望，以获得心境的平和与满足。他不但反对膜拜鬼神，甚至说：'想象别人能使我们自己快乐或痛苦，真是愚蠢不智的事。'"

这种不靠外力，自己修行、自我化解、自求救赎的想法，不是和德国哲学家尼采，所提倡的超人学说十分相近吗？

"人是一根绳索，架于超人与禽兽之间"，尼采主张人应该克服各种困难，试着由禽兽的这端，走向超人。而佛教说"学佛可以成佛"，不都是对自我以及对生命的一种积极态度吗？

少年时读萨特的小说。其中有一段，篇名忘了，只记得描写一个监狱中的死刑犯，在面对即将来临的死亡时，心中想到的种种。

爱人？爱人管得了多少？妻子与情人第二天依然活生

生地过日子，她哭、她喊、她为我求助，又有什么用？

死刑等在前面。

面对死的是我自己。

于是我想，哪个人不是面对自己、面对自己未来的死亡，甚至面对自己的一切病痛与苦楚？！

没有人能帮助我们面对自己，甚至很难有人能帮我们救助自己的心灵，除非——

我们先自救！

台北的秘书打电话到纽约来，说我的舅舅因为痔疮住院，要她转告我母亲。

我考虑再三，怕八十五岁的老母为她弟弟担心，但觉得不说也不对，便还是告诉了老人家。

"他住院，告诉我干什么？"没想到老人出奇平静，"他病，我管不了，就好像我前些时也犯痔疮，他又管得了吗？大家都老了！谁也管不了谁，爱这些亲戚、朋友，最好的方法，就是自己多保重！"

❧

读古诗，最爱汉代的《古诗十九首》。

在那个战乱频仍、饥荒瘟疫不断的时代，妻离子别已经成了寻常事。想必每一个别离，都有着"牵衣顿足拦道哭"的剧痛。只是久了、常了、人在天涯，那激越的情怀也就淡了。

淡，不是忘，是不得不向命运低头，更是对人生兴衰聚散的一种领悟。

《古诗十九首》里，就充满这种淡淡的思绪，淡得似乎不再有惊人的情节，淡得像是岁月空气的一部分：

行行重行行，与君生别离。相去万余里，各在天一涯。道路阻且长，会面安可知……思君令人老，岁月忽已晚。弃捐勿复道，努力加餐饭。

想你想你，想得太多有什么用？徒然使我们更衰老而已。年岁都大了，只有彼此道一声："自己珍重、多吃碗饭、多活几年……"

看着八十五岁老人平静地转过身去，径自到院子里种菜，又绕到前面的人行道上开始她例行的散步，让我想到这《古诗十九首》中的句子。想到孩子张着的苍白的唇、黄猫走进小小的铁笼、佛陀在菩提树下沉思……

要别人救我们之前，我们先得救自己！

悲欢情缘

不要觉得地狱一定在死后，
这个人吃人的世界，就可能是地狱！
不要认为清凉世界在往生，
只要你有一念清凉，当下就是清凉世界！

野茉莉的幽香

　　高中时代，我参加了一个合唱团。团里分成女高音、女中音、男高音和男低音四个声部。大概因为经验差，演出时，常有人在不该自己唱的时候开了口。最可怕的是，当大家都静默的时候，突然听见高亢的一声，从队伍里冒出来，说多糗就有多糗。我们管这种情况叫"放炮"。

　　人人都怕放炮，所以大家常常你等我，我等你，唯恐自己先开口。

　　直到有一天，指挥说：

　　"你们知道吗？许多独唱的人才，都是在放炮的时候被发现的。"

当大多数人都认为这是不可原谅的错误时，真正懂得发掘人才的音乐家，却可能从放炮中，找到不可多得的嗓子。

"我是伯乐，"指挥说，"你们不要怕，只管放胆唱，唱成千里马！"

～

大学时上"心理学"，老师在一张白纸上滴一点墨水，把纸对折、压一压，再打开，问同学觉得像什么。

同一个墨痕，有人说像蝴蝶，有人讲像盾牌，有人说像骷髅。

"这叫'墨痕测验'，常能由你的感觉中，探索出你的心灵。"教授说。

课上完不久，有人找我做室内设计。

拿了壁纸的样本给他挑，明明是花的图案，那人硬说像鬼脸，正面看像鬼，倒过来也像鬼。

我想起心理学教授的话——

"同一个墨痕，你的心里有美，它可能是花；你的心里有鬼，它就可能是鬼！"

❧

读过两个相近的笑话。

一对姊妹同时看上了新来的交通警察。

"那个警察对我有意思，"姊姊回家说，"我一到，他就把红灯变为绿灯，好让我通过。"

跟着妹妹进门了，说：

"那个警察对我有意思，我一到，他就把原来的绿灯改成红灯，好多看看我！"

另一个笑话是：

两个鞋商赴非洲考察。

甲回来失望地说："太糟了！非洲人都不穿鞋子，根本没有市场。"

乙回来兴奋地说："太棒了！他们都没鞋子穿，市场的潜力无限。"

❧

这使我想起以前交的一个女朋友。

每次夜晚经过淡水河，我赞美水里映着对岸灯火，非常美的时候，她都会鄙夷地哼一声：

"河边的泥浆好臭！"

没过多久，我就跟她吹了。而且一直到今天，经过淡水河，都会想到她当年的表情。

❧

这也使我想起自己犯的一个相似的错误。

下雨天到乌来内山，山谷深处是一片浅滩和急湍，更远处则是飞瀑。

千百道银丝白练的水花，从山壁间飞漱而下。

"可惜下雨，不能好好地欣赏瀑布。"我说。

"幸亏下雨，否则瀑布绝不可能那么壮观。"一个山地青年笑道。

❧

去年秋天，到北一女演讲。

主办的学生，预先订的场地是图书馆楼上，直到演讲之前，才发现不但坐满学生，而且从三楼排到了操场。

眼看情况不妙，临时改在体育馆，使演讲足足延迟了半个钟头。

演讲很成功，可是后来听说主办的学生十分自责，认为自己估算错误。

她岂知道，正由于那天的估算错误，使我能欣赏到，上千的学生，如何安安静静、秩序井然地移入体育馆，再排队整齐，席地而坐。

一直到现在，我还似乎能听见，她们齐心协力，铺开塑胶布（防止地板受损）的声音。

还有那支手提的小喇叭，声音虽不大，却能使全场听得一清二楚……

❧

一位学佛的朋友对我说：

"不要觉得地狱一定在死后，这个人吃人的世界，就可能是地狱！也不要认为清凉世界在往生，只要你有一念清凉，当下就是清凉世界！"

❧

总想起多年前看过的一部电影，在老旧的印度火车上，一位老者问一名年轻人：

"你有没有闻到什么味道？"

"有！"年轻人说，"火车头喷出的，呛人的浓烟。"

"我闻到的，是山边野茉莉的幽香。"老人说。

❧

当我遇到不顺心的事，常想：

多看看吧！在那不顺心的背后，一定会有令人惊讶的、美好的事物！

悲欢情缘

能跟一个特殊的人，生活在一起，

不再孤独，

是多么美好的事！

特殊的人

参加朋友的婚礼，牧师对新人致辞的一句话，深深地留在我脑海。

牧师说："每个人，一生中都会发现，能跟一个特殊的人，生活在一起，不再孤独，是多么美好的事。"

他所说的"特殊的人"，当然是指新娘或新郎的另一半，但他为什么不说"另一半"，而讲"特殊的人"呢？

我想，这句话正有着特殊的意境，它是那么柔和而带有多重意义，使每个听到的人，都能有自己的感触。

因为婚礼上聆听贺词的，不止一对新人。每位宾客都在听，可能有老大未嫁、终身不娶的，也可能有同性恋的族群。

这"特殊的人"，不正可能恰巧放在他们心中的某个位置，而各有感触吗？

有位同事，是家里的幺女，为了照顾半身不遂的老母亲，四十多岁没嫁。

"我怎么嫁？无论多重要的约会，都不能阻止我先回家，喂妈妈吃饭、帮妈妈洗澡。男孩子一听，就打退堂鼓了！"她笑道，"一个人的一生，总为一些特殊的人，我的特殊的人不是丈夫，是我的老妈妈！"

儿子小时候，学校举行母亲节游艺会，每个孩子上台说一段话歌颂母爱，盯着台下的母亲，说出他们的感谢。只有一个小男孩，说：

"我的妈妈死了！只有爸爸和我，爸爸也是妈妈。爸爸的拥抱！世界的拥抱！"

那最后两句话，文法虽不通，台下许多人却湿了眼眶。

泪最多的，是一个大男人。

某次演讲之后，一位小姐拉着我问问题：

"跟同性谈恋爱，有没有错？只是讲实在话，我不知道是不是真的爱她。我跟她生活了七年，各忙各的，但每天晚上，我都偷偷地等门，等她进了门，我才能睡。她不怎么理我，但是我生病，她送我去看医生；我在外面醉了，醒过来时在家里，是她把我带回来的。"

"她是你生命中，一个特殊的人。"我说，"爱的种类很多，最重要的是彼此的扶持、彼此的关怀。"

常想起沈从文小说《边城》中，与老爷爷相依为命的小女孩翠翠，和早年流行的那首歌：

热烘烘的太阳，往上爬呀！往上爬。

爬到了山顶，照进我们的家。

我们家里人两个哟！

爷爷爱我，我爱他呀！

　　每个人，一生中不论结婚与不结婚，总会发现，能跟一个特殊的人，生活在一块，不再孤独，是多么美好的事！

悲欢情缘

她们的拳头可能很大、声音可能很响，

但在适当的时机，她们伸出爱的双手，

那拥抱，

应该也非常非常地温暖。

狮子的温柔

堂哥随北京中央交响乐团，第一次来台湾，在"国家音乐厅"担任黄河协奏曲的钢琴主奏。

已经被美国名人录列为对近世纪最具影响力人物之一的堂哥，依然是那袭单薄的西服，在台北元月的寒流里，怎么看也不像北方的汉子。

倒是他的妻子，印象中是个壮硕的女人，或许因为学声乐，身子大，气也厚，站在堂哥旁边，有点母鸡带小鸡的感觉。

"她直怨没能来，否则我弹、她唱，多好！"堂哥说。

吃完晚餐，我先带他去"台北中山纪念馆"、世贸中心逛逛，又经过理发店林立、霓虹灯如海的长春路，到达一个新开不久的百货公司。

"这里有不少时髦东西。"我说，"不知道嫂子有没有'命令'你带什么给她？"

"这一次没有。"他一个橱柜、一个橱柜地看，走过成衣部，则翻了翻，"真贵！真贵！"他不断地摇头。

两手空空地回到车上，我问："没给嫂子买东西，她会不会不高兴啊？"

"会！以前会！"他一笑，"去年夏天，我经过香港，也是嫌贵，没买，才进家门，我老婆就挂了脸说：'只知道受朋友之托，为朋友买东西，你几时把我放在心上？'"

我几乎可以想象，堂嫂半截宝塔、面罩寒霜的样子。

"但是跟着，我发现箱子被人开过，受朋友之托，花八百美金买的首饰全不见了！"堂哥叹口气，"我太太一怔，接着帮我翻遍整个箱子，和每件衣服口袋，东西真不见了！"

"她的脸更长了！"我说。

"没有，她笑了！"堂哥也笑笑，"她过来搂着我、拍着我，说东西掉了，没关系，她存的有私房钱。人回来就好！"

我突然发现，过去错看了堂嫂，在她壮硕的身材和洪亮的声音之后，居然有一颗那么细致的心。

从此，每当我看到"河东狮"似的女人，都想：

她们的拳头可能很大，声音可能很响，但在适当的时机，她们伸出爱的双手，那拥抱，应该也非常、非常地温暖。

悲欢情缘

我们每一寸皮肤，

都是生命的日记；

当我们一寸寸检视自己的皮肤时，

不就像读一部自己的生命史吗？

读你千遍

女孩子都爱照相，据说现在有些少女，甚至会找专业摄影师，拍裸体写真集，为自己的年轻美丽留下见证。

问题是，当女孩成为妇人，进入中年，两鬓出现了华发，眼角显露了皱纹，发现自己不再年轻，这面对照相机的态度，就有了改变。

她可能先是拒绝在大太阳底下拍照，所谓"见光死"，因为阳光由上面来，最显得出一条条横行的皱纹。她开始喜欢晚妆下，用镁光灯摄影。正面而不过强的光线，虽减少了凹凸的韵致，却也消灭了皱纹；而凹凸，因为浓妆，获得了加强。于是"去恶扬善"，特别美！

只是，再过些年，便是再好的灯光，有些人都会畏惧摄影。尤其是带着孩子，别人一举起相机，做母亲的，就忙不迭地走避，一面喊着摇手：

"别让我破坏了画面，孩子多漂亮！"

至于冲洗照片，如果你请她送去冲，照片拿回来，明明一卷三十六张，总可能短少几张，比对一下底片，少的常是中年女主角的——被她本人拿去焚尸灭了迹。

也有一种状况，照片没少，却变小了，好好一张，中间一刀，去了一半，剩下孩子可爱的笑脸，道理简单——

做母亲的爱孩子，看孩子照得美，舍不得丢；却不爱自己，怎么看，都伤心，只好把自己剪去。

❧

这就难免使外人不解了，明明照得不错，百分之百是她，她就是这个样子，为什么她偏不爱呢？

想了许久，终于想通——

平常她总是在我们眼里，却除了照镜子，难得在她自己眼里。

照片，使她发觉了真相。

但真相有什么不好呢？人都要老，这世上没有"永远的尹雪艳"，最起码，那外表下可能不变，真正"永远"的是感觉。

感觉既然在，甚至随着年龄的增长，而愈醇厚，又何必在乎外表的衰老变化？

或许最难接受的，正是衰老初显现的时候，由刚发现皱纹，心里骗自己那只是"笑纹"，不笑见不到，所以不是真皱纹。直到，不言不笑，它也安安稳稳地挂在那儿，便想尽办法抚平，总在换一种化妆品时，换一份心情、换许多希望。

而希望常落空！

这时候，心情才能落定。

过去看电视，丈夫绝不能赞美女艺人，只要他说美，女主人就得挑些毛病。譬如："我看未必吧！她侧面就不能看，而且声音一听就讨厌，贱！"

渐渐地，不再骂，居然学会了跟着欣赏，甚至在街上见到年轻漂亮的小姐，还提醒丈夫注意：

"年轻，真好！看到那些年轻女孩子，一身艳黄、鲜红，简直是乱穿一通，却怎么看，都漂亮！"

曾几何时，由对自己的惋叹、伤怀，对别人的羡慕、嫉妒，到对年轻人的爱怜。

这境界的改变，是多么惊人！

据说，人的脑有许多皱纹，愈用，皱纹愈多，也愈聪明，因为它是连接的网络。

每个人都希望聪明，却为什么怕外表的皱纹呢？

其实，我们每一寸皮肤，都是生命的日记。

这边一块疤，是小时候摔到的，当时流了好多血；

那边一个小洞，是出水痘时抓破的，只怪自己忍不住痒；

肚皮上一条，是生孩子留下的，难产折腾一天一夜，终于躲不掉，挨了一刀。

当我们一寸寸检视自己的皮肤时，不就像读一部自己的生命史吗？

疤不再流血了！

水痘只出一次，就免疫了！

孩子已经长成大人了！

这有血、有泪、有痛、有痒，都是足堪回味的历史，却都不是错误，因为历史是无所谓对错的。

脸上的许多皱纹，不也是如此吗？

扮过千万次鬼脸！

笑过百万次开怀！

哭过千百次椎心！

都像是唱片一样，记在那刻痕之中。

如果我们从出生，就不哭、不笑、不扬眉、不挤眼。

就算有一张平平光滑的面容。

又有什么意思？

❧

每次，看一张爬满皱纹的脸，都像读一本书，听一张唱片。

有哭！有笑……

很美！很美！

悲欢情缘

许多错误，
都是为了修正上一个错误而犯。
许多杀戮，
都是为了解救那些被杀的人而杀……

爱的对与错

　　自从写了几本有关爱的书，似乎就当然地成为婚姻顾问。

　　演讲会上，常有人提出两性的问题。读者来函，也总绕着情感打转。所幸，无论多么复杂的关系，我都能找出要点，提供一些建议。

　　直到今天……

　　"我跟前夫结婚没多久，就生了个可爱的儿子，那真是我一生当中，最快乐的时光。每天下班，就赶着回家抱孩子。抱在身上，什么辛苦全忘了。"中年的妇人，坐在我对面，把双手抱在胸前，歪着头，好像正抱着个娃娃，突然抬起脸，露出痛苦的眼神，"可是，可是没多久，孩子病了，脑里长了东西，开刀，把一块脑壳都锯掉了，医生却说不能下刀，因为轻轻动一下，就喷血不止。那段日子，我和丈夫整天整夜，轮流守在医院，抓着孩子的手，希望他能醒过来，再叫声爸爸、叫声妈妈。他没有叫，在一天夜里，安安静静地走了。"

或许已经超越了痛苦，那妇人没有哭，深深地吸了口气："回到家，面对一屋子小孩的东西，每一件都像是尖刀，扎得流血。面对彼此，先是抱着痛哭，然后发呆，我提不起精神做饭，他也不想在家里吃，渐渐竟觉得好像陌路人，不敢看对方的眼睛。他回家愈来愈晚了，说话愈来愈冲，我也不客气，摔烂每样东西。有一天，居然发现他在跟别的女人约会，我反而平静了，两个人到律师楼，签字离婚。"

妇人把皮包立在膝头，正襟危坐着，头一甩，笑笑：

　　"果然，没几个月，他就跟那个女人结婚了。又没几个月，我也结了婚。我和他都长得不错，再娶再嫁，本来就没什么难。"

　　她突然站起身，到门外，牵进一个小男孩：

　　"这是我跟现在丈夫生的孩子，我又恢复了一家三口，很快乐，像以前一样。对了！我的前夫也生了个男孩，也是一家三口，听说也很幸福。直到前几天，开大学同学会，约好餐馆碰面，我和他都早到，别的人还没出现，面对面坐着，不知为什么，我的泪止不住地往下淌，他先不出声，静静地看着我，突然号啕大哭起来，在那一瞬间，我们的眼光相对，才发现最爱的竟然还是彼此。"她垂下头，"从那一天，我们就都失眠，都后悔，发觉我们只因为太爱那个家，而孩子一死，家不再像原来的家，就没有办法忍受，最后只好逃开。他说他自始就没爱过他现在的女人，我也从来没真爱过我现在的丈夫。他们只是我们用来躲藏的工具罢了。"

　　她把孩子搂在身边："这是我的心肝，我很爱他，觉得他就是死去孩子的替身，一家三口看电视，我很着孩子，常有一种奇怪的感觉，为什么身边的男人，不是先前的丈夫？我的前夫说，他也是，觉得跟以前一样快乐，又觉得很不快乐，相爱的人为什么分离？相爱的人为什么跟别人结婚？"她嗫嗫嚅嚅地抬起头，"我们都想离婚，再结合，可是孩子怎么办？我们为了死去一个孩子，拆了家。现在又巴不得，再拆两个家，回到过去。我想听听您的意见，我们应该就这么毫无爱情，为现在的孩子，维持现在的婚姻呢，还是忠于爱情？"妇人急切地问，"可是，他的女人没错，我的丈夫也没错，到底谁错了？我们错了？好！算我们错了，现在我们正要纠正这个错误啊！行吗？行吗？"

　　我没有说话，站起身，走到孩子身边，一双好大的眼睛，露出惶恐的眼神，抱着妈妈，紧紧地抱着。

许多错误，都是为了修正上一个错误而犯；许多杀戮，都是为了解救那些被杀的人而杀。

想起"大卫教派"事件，前去解救苦难的装甲车，和瞬间蹿起的熊熊火光。

还有那许许多多无辜的、天真无邪的孩子。

我蹲下身，给眼前这个孩子一颗糖。

他笑了！笑得比什么都对，比什么都真实！

悲欢情缘

这是雪中之火，在最致命的敌人之间，爆出最美的火花。

这也就是生命，寒暖、得失与悲喜，本没有绝对的界限。

雪中之火

　　过生日，除了家人送的蛋糕，老天也给了个特大的雪糕。

　　那是真正的雪糕，用近一尺绵绵软软的雪花制成，高高盛在花园的野餐桌上，两边的椅子，原本硬邦邦的，而今则铺上了一层雪的海绵，禁不住地想坐进去。

　　唱完生日歌，切完屋里的蛋糕，又把蜡烛拿到院子。

　　黑漆漆的天空，正飘下霏霏的细雪，落在烛火上，发出吱吱的声音。我拿刀站在"大雪糕"前，许了个雪花愿，看那雪中之火，火中之雪，明明灭灭地跳动着，有一种自娱又戏谑式的欣喜与感伤。

就在这个日子，我到学校递给校长一封信，请求三年的长假。也就在今天之后的一个多星期，就将束装启程，回到我生长的地方，接受一项艰巨的使命。

不趁着还年轻，做一点有意义的事，也为自己留个清晰的脚迹，又待何时呢？

但是再想想，自从搬来这长岛的新居，不到三个月，竟然两次远行。

若不是妻说："这毕竟是个有意义的事，也合于你的志趣。"我真是难以下此决定，只是看着稚女，正值宁馨可人的时刻；满壁图书，正堪细细品读。这离别，便有了许多怔忡与犹疑。

今夜鄜州月，闺中只独看。遥怜小儿女，
未解忆长安。

想起杜甫的诗，以前不能体会的句子，而今有了深深的感触。又想到民国初年俞君的几句新诗：

> 似滔滔的水，
>
> 旧愁弃我们去了！
>
> 似叠叠的山，
>
> 新愁呢，向着我们来。

对着一片墨水般无底的夜天，看那由冥冥不可知处落下，进入灯光，突然变成千万点晶晶闪闪的雪花，真觉得是在黯淡与繁华之间，找寻苦乐人生。

院中落尽叶子的枫树，积着雪，在水银灯下，像开满了白花，又仿佛冰雕玉琢，有一种圣洁的美，也散发出冷冷的凄清。

又忆起川端康成在小说《古都》里形容的樱花祭，人们在火光下欣赏盛开的樱花，看缤纷点点如雪的花雨，感叹美，也感叹美的无常与失落。

蜡烛慢慢陷入巨大的雪糕中，烛火居然因为有了雪的屏障而突然灿烂，透过四周的细雪闪亮出来。

这是雪中之火，在最致命的敌人之间，爆出最美的火花。

这也就是生命，寒暖、得失与悲喜，本没有绝对的界限。

我吹熄烛火，无声地祝祷有个平和的人间……

悲欢情缘

老巢是最脆弱的，因为里面有自己的爱，
脆弱的不是巢，
是爱！

家，可爱的牢笼

家里养了一只兔子，看它成天关在铁笼里，实在可怜，决定冒个险，放到院子里跑跑。

铁笼被提到院子，一家人围着，严防它窜进四周的树<u>丛</u>。

妙的是，笼门打开，它竟然不出来。不得不伸手进去拖，却又一溜烟地跳回笼子。甚至将它抱到树<u>丛</u>边，一松手，它仍朝着自己的铁笼冲去。

看它瑟缩在笼角喘气，实在有点好笑，这笼子明明是用来关它的，使它失去了自由，它居然宁愿待在里面，似乎觉得里面更有安全感。

"它认这个监牢是家了！"我笑道。

"家本来就是个监牢嘛！"妻说。

❧

每次跟儿子不高兴，父子二人吵得面红耳赤，隔不了多久，又在一起嘻嘻哈哈。我的母亲就会用北京的土话调侃：

"野鸡打得满天飞，家鸡打得团团转。"意思是，外人一打就跑了，自己人却怎么样还是亲。

记得小时候，家里养了十几只鸡。每次杀鸡，大概怕弄脏了厨房，母亲都在院子里的泥土地上行刑。

当被杀的鸡惨叫着挣扎时，一群鸡都躲在远处看。杀完一只，不够，再从鸡群里抓一只。抓的时候固然一片"鸡飞"的混乱，行刑时却又是围观的场面。

我一直不解，为什么这些鸡明明知道，迟早自己难逃一刀，却不会逃跑？

竹篱笆有个裂缝，鸡们常溜出去啄食，可是黄昏之后数一数，绝对像是"晚点名"似的，统统回来老巢报到。

　　怪不得剿匪的时候，总说要直捣老巢。据说通缉犯有将近一半是在家里被抓。越狱的人，常因为忍不住跟家里联系，被窃听了电话，而留下线索。好多个枪击要犯，不也正是在搂着爱人睡觉时落网吗？

　　一阵枪战结束，墙上打得像蜂窝，枪击要犯血流一地，那爱人却往往毫发未伤，不是警察的枪法好，而是要犯把爱人赶到了一边。

　　赶不走，要犯就自己冲出去。被打死！

　　这就是家，有爱，真真实实的爱，也有牺牲。什么江洋大盗，杀人不眨眼的十恶不赦之徒，在家里，都可能是个完美的丈夫和父亲。

　　有一种鸟，我忘了名字，只记得在生物影片里，看到它被猎人击中，歪歪斜斜地落在地上，且不断拍着一只翅膀翻滚。

当猎人走近，它却一振翅，飞了。

影片里解说，这是伪装受伤，目的在诱骗敌人远离它的家。聪明的猎人，遇到这情况，只要在自己身边找，一定会发现那鸟的老巢。

老巢是最脆弱的，因为里面有自己的爱，脆弱的不是巢，是爱！

什么好汉，你若掀了他的巢，他就要疯狂；你若抓住"小的"，他就可能束手就擒。无怪乎求道成佛的人要出家，家就是"枷"，如同我家兔子的铁笼，看来是层保护，实在是个枷锁。

所以，与"无欲则刚"这句话相当的，应该是"无家则强"，你没见那章回小说中，叩头求饶的人泪流满面："我上有老母、下有幼子"吗？至于"引刀成一快"，笑称"人头落地，不过碗大个疤，二十年后又是一条好汉"的人，则八成没有妻小。

❦

实际夫妻小孩在一个人的心里，恐怕远重于他的父母。这是天性，也是天职，不得不承认的事实。

有一天读米兰·昆德拉的小说《不朽》，里面女主角说自己母亲的一生，只是由上一个家庭到下一个家庭。

"真有道理，哪个人不是由上一个家庭到下一个家庭呢？"我对妻说，"我们一辈子都生活在家里！"

"但不一样！"妻笑道，"上个家是父母的，下个家才是自己的！自己建筑起来的，有自己的孩子，才是真正自己的家。"

"我想你有点自私。"

"不自私，怎么能叫作自己的家？"

❦

有位老同学，开了个补习班，家就在教室后面。朋友来，如果没课，则拿教室当客厅。许多次同学会，都选定他们"家"举行，因为地方大！

最近，补习班扩张，不得不把后面的卧房改为教室，两口子只好到附近买了一户小公寓。

到他们家去，两口子正好在挂窗帘，顶楼热，地方又小，活像个鸽子笼。

"是像鸽子笼。"女主人说，"可是结婚这么多年，我第一次有了家的感觉。以前，我是结婚之后，搬到他的补习班后面住，走进走出，人家还以为我是学生。直到现在，两个人一起找房子、搬家、买东西、挂窗帘，感觉真好。我宁愿住个鸽子笼！"

走出他们的公寓，看两口子在铁栅栏后面笑着挥手，突然想起我的兔子。觉得酸酸的，甜甜的，很美！

再世情缘

我一次又一次念着他的名字，
觉得好亲切、好甜美，
难道他会是我前生的恋人，
而我的前生曾是一个女子？

一个熟悉又遥远的名字

前夜，我做了一个怪梦：

站在路边等车，车子许久没来，不远处正有一家治丧，许多人到灵堂哀悼、哭泣。

临时搭建的灵堂很简陋，从挂着挽幛的缝隙间，我可以看见死者的照片，挺年轻的，大概也就我这个年岁。

公祭结束，开来一辆灵车，看到上面死者的名字，觉得有点熟悉，跑到灵堂仔细端详那张遗照，不是我曾经最要好的朋友吗？

许多许多年不见了，是从什么时候开始，我们失去了联系？为什么失去了联系？这样要好的朋友，怎么可能失散呢？即使不能常碰面，总该有彼此的消息啊！

可是，居然到他死，我都不知道。看到他的名字，我才由久远的回忆里找到他。

而他，竟曾是我最要好的朋友。

我站在风里哭泣，哭好朋友的死，也哭自己的不义，我居然差点忘了他，直到他死、直到我死，都再也记不得我们有过的那段岁月。

我惊醒了！满脸泪痕。

他一定是出了什么事，可是到哪儿去找他？我能不能登个报？能不能写篇文章，说我梦见他死了？

但他若没死，看到了文章，岂不是要觉得晦气吗？

而他就算活着，几十年失去音信，失去关怀，甚至忘了他的存在。他的生与死，对我又有什么分别呢？

只是，梦醒之后，虽然记得他的名字，也觉得我们曾经是最要好的朋友，却忘了他的样子，甚至怎么也想不起来，我们相交的年岁。

　　必是很小很小的时候吧！初中？小学？幼儿园？我真是记不得了，只知道我们有过一段非常要好的日子。

　　那么，必是前生了吧！

　　我在今生梦到，他在前生死了，还是我梦到前生的他，在今生的某个地方死了？

　　我一次又一次念着他的名字，觉得好亲切、好甜美，难道他会是我前生的恋人，而我的前生曾是一个女子？

　　那么，他必哭过我的逝去，以哭声送我来到今生。

　　所以当他今天死去，也就让我梦到他，以哭声送他到我的今生。

　　我们都到了今生。

　　只是，他在哪里？我们会不会再相遇？

　　只是，我甚至怀疑，他是否真正地存在过，在我们的今生或前世。

　　但，我很想他，想了又想，在那真实与虚幻之间，我相信，我们总有过，那么一段离合悲欢的缘！

再世情缘

再不然，我的魂魄就是带着极大的仇恨，

冲进那孩子的体内，

将他的魂魄赶走，占据了孩子的肉身。

美丽的鞭痕

梦见在一条肮脏的河里挣扎，一波又一波的浪，把我不断打进水里。水是灰黄色的，夹带着垃圾和粪便，我看不清了，窒息，而且呕吐，终于失去了知觉。

突然，我成了个三岁大的孩子，两条腿被温暖的手臂环着，后面是柔软的母亲的胸怀，前面是一条河，我正往河里便溺……

我惊醒了，不知自己是溺水的那个人，还是河边的那个孩子，抑或两者都是。

我觉得在水里挣扎、载沉载浮的时候，曾经有个印象。许多人站在岸上观看，却没人救我。我甚至看到一个妇人正抱着孩子向水中便溺。

如果我淹死了，那死必然是充满怨恨的。我恨旁观的每一个人，也恨那个孩子。他们不但见死不救，而且在我死的那一刻，还侮辱我。

可是，我又怎么变成那个孩子了呢？

难不成我是死了又活了？进入来生，成为一个住在河边人家的爱子？又或我变成死前见到的那个孩子。但孩子已经两三岁，就算托生，也不可能啊！

再不然，我的魂魄就是带着极大的仇恨，冲进那孩子的体内，将他原来的魂魄赶走，占据了孩子的肉身。

那孩子的母亲岂知道，在她抱着孩子便溺，冷眼看热闹，拿别人的死当作表演的时候，自己的孩子也死了，换成那个淹死的人，成为她的孩子。

我是立刻复了仇。复仇在我自己母亲的身上，折磨她一生。

许多父母说前世欠孩子的，孩子是讨债鬼，不是很有道理吗？

只是有几个孩子能记得前生？就算带来折磨，他们天生还是爱父母，而不是来讨债的啊。如果是讨债，为什么说父母之爱"昊天罔极"，为什么对父母的死是那么悲痛？这讨债不也像是还债吗？

还有一个矛盾，我既然恨别人见死不救，恨人们污染河川，让我死得不干不净。来生何不做个河川整治的工程人员。却为什么反而托生成我的敌人，继续做我前生痛恨的事呢？

莫非鹿与狮子是相互转世的？前一辈子是残杀的狮子，下一辈子就做被残杀的鹿。前一生被迫害，下一生就去迫害。这冤冤相报，不但发生在世仇的家族，而且经过转世，穿插变化。

我想到一个在台湾总是跟我过不去的人，当我到美国，他也阴错阳差地成为我的邻居；等我再回去，他又跟着调到台湾。他总是与我为敌，却从来没给过我真正的伤害，甚至说我今天的许多成绩，都是被他逼出来的。如今细细想，他其实不是我的敌人，只怕前生反倒是我的恋人。

他舍不得我、离不开我，跟在身边，逼我成功，且由前世追到了今生。

最近遇到一位研究心理学的美国教授。他说由催眠治疗当中，发现了人的轮回。尤其妙的是，转来转去，轮回了几十代，也换了许多国家。每一"世"相关的那些人，似乎永远纠缠在一块儿。

前生杀我的敌兵，今生成为我的孩子。前生我的女仆，今生成为我的丈夫。当一群人打得你死我活，轰然一声，全都报销之后，灵魂飞离了身体，看到下面的血肉模糊，突然相对一笑："原来我们只是一群有缘人，由前世玩到了今生。"

尤其耐人寻味的是，这教授说：

"有一天，我为一个人催眠，催到几十代的轮回之前，他是埃及的贵族，不过十四五岁，就拿着鞭子抽打奴隶工作。然后，我叫他再往前一生想，他居然成了奴隶，十二岁跟着父兄，被贵族们驱赶着工作。他很倔强，被绑在柱子上抽打，活活被打死……"

"死了之后，立刻托生进入贵族家，成为其中的小主人，成为前生最痛恨的统治者。"朋友一笑，"说不定抽打的，正是他前生的父亲、兄弟！"

多么残酷的上苍！多么巧妙的轮回！世间的因果，或许正用这种方法，达到了公平。如果那做奴隶的父亲，能知道抽打他的，是自己早逝的孩子，该有多好！

当鞭子落在身上，那痛里说不定能夹着欢愉、夹着安慰：

知道你能脱离前生的苦海，拥有了今生拿鞭子的权利，是多么美好的事……

再世情缘

然后，天蓝了、海绿了，

在海天一线的地方，好像有许多云山，

好像将合上的眸子，

渐渐地，与我们一同睡了⋯⋯

梦中之屋

少年时，常做个同样的梦：

一个女孩跟我一起设计房子。

我们在纸上用铅笔勾描。房子是对着海的，一进门，左边有块宽敞的平台，大片玻璃窗，可以看见蓝天、碧海和点点的白帆。

往右走，是客厅，没有任何椅子，只是地面凹下一片，四周就成为靠背。许多墨绿、深紫、橙红和宝蓝的软垫子，在柔和的光线下，闪出一种奇妙的光彩。

穿过客厅左转，是卧室，也有着对海的窗，墙上没画，海就是画，床是船。躺在床上，像是漂在海上。海面动，床也就有了动的感觉。而当夕阳西斜，一闪一闪的海浪，反射出一屋子的晶晶点点。然后天蓝了，海绿了，在海天一线的地方，好像有许多云山，好像将合上的眸子，渐渐地，与我们一同睡了！

梦醒之后，我试着把房子画下来。记得不够清楚，就第二天临睡时继续想，想着想着，入了梦，又梦见那个女孩，梦见我们一起画，画那个梦想的房子。

过了几年，同样的梦不在了、模糊了。有一夜却梦见一个女子笑着向我走来，说她去了外国，辛苦了好多年，叫我猜，她拥有了什么？

我摇头。

她带点埋怨地拍我一下：

"我有了一栋对着海的房子，跟我们当年设计的一模一样。我们可以坐在进门左边的窗前喝咖啡，看大海。我们的孩子可以在中间的客厅玩耍。"她满足地笑着，"没有带尖角的家具，只有软软的坐垫，不怕孩子摔着……"

梦醒了，窗外不是大海，是忠孝东路的喧哗。

不久之后，我去了外国，先是一站一站漂泊，然后在学校附近买了房子，又搬到一个小小的山头，在儿子十七岁的那年，生了小女儿。

为她取名"倚帆"。寓意是，她是坐着帆船，饮了忘川之水，渡到这岸的。盼望她，飞扬又惬意，如同倚着船帆歌唱的小天使。

为了照顾外孙女，我的岳父母都搬来同住，家里一下成为七口，使我不得不再四处找房子。

跟着房地产捐客，向长岛寻觅。多数的房子，妻都不中意。唯有一栋，房子虽不大，但是对着海。当我们走向临海的窗，我在她眼里看见跳动的波光。

她说小时候在花莲长大，每天晚饭之后，都喜欢跑到堤防上看海，所以走到这栋房子，便有了一种特殊的感动。

我们决定买下。

但是老人家们摇了头。八十多岁的老母说，屋子临海而建，高高低低，她的腿不好，爬不动。

岳父说，孩子小，客厅这么低，卧室那么高，中间要爬许多阶，太危险。

岳母则才进门，就说好像坐在船上，头晕！

三票对两票，我们眼看着房子被别人订走。

今天，有个朋友请客，地点距那临海的房子不远，便顺道过去看看。

一个小女孩正在海边草坪上玩耍，听见屋里呼唤，便抄近路，由房子侧门跑上去。

我突然有了触动。

以前看这房子，都是由正门进去，从不曾走过侧面。而现在视线随着孩子从旁边进去，左边是临海的餐厅，右下是客厅，绕过客厅是卧室。这房子的方向在脑海里打个九十度的转，怎么变得如此熟悉、这样亲切？！

那不是我少年时梦中的房子吗？

既然如此，它理当属于我，为什么与我擦肩而过？

我又岂能让它擦肩而过？

只是，梦中的那个女孩会是谁呢？

如果她是我现在的妻，这梦境必是前生的事。我们虽没能住进去，总该高兴曾在这房子里驻足。

如果她不是我现在的妻，必是我前生的恋人了。这房子已有几十年历史，难道那死去的屋主，会是我的恋人？甚至我的前生，也在其中住过？

又如果，她只是我梦中的一个爱。我就更不必遗憾了。

既然她没在今生成为我的伴侣，只在梦中与我遭遇，我又怎能在今生，独自拥有这梦中之屋？

梦中之屋逐渐远了，女儿正在我家的前院等我。

抱起她，沉甸甸的小丫头还不老实，在肩头，扭来扭去。

亲亲我的小帆，突然想，算算那梦中之屋，前任女主人过世，正是四年多前，于是，于是：

这小丫头，竟会不会是我前生的妻子……

天地情缘

不断地掩埋，不断地重叠，不断地遗忘。

一代又一代，

竟不知自己正在千万年间

祖先的遗骸上生活……

泥炭藓的联想

买了几棵小树，卖花的人一面为我抬上车，一边建议：

"买一包'peat moss（泥炭苔）'吧！混在泥土里，既柔软、又保温，让树移植之后，根能长得好。"

泥炭苔不贵，很大一包，轻得跟保丽龙似的，掏出袋子，一下膨胀了几倍，怪不得能保温，它根本就像海绵。

突然灵光一闪：原来平日买回来的盆栽，里面又松又轻的泥土，全是这种泥炭苔，如此说来，那些花不都是种在苔藓的尸体上吗？

查字典，就更令人惊讶了。原来这泥炭苔生长在沼泽地区，下面不断死亡，新的苔藓则用死去的苔藓为泥土，继续在上面生长，日积月累，竟能由沼泽里愈堆愈高，成为陆地。千万年后，更变成可以用来燃烧的"泥炭"。

如此说来，泥炭苔本身就是在别人尸体上成长的，那是无数生命牺牲与更替之后的成果。每个新生，都是建筑在别人的死亡，甚至世世代代祖先的死亡之上。

实际平日种花，我早有这样的体验。每次拔出成堆的野草，我常挖个洞，把它们埋起来，隔个一年半载，里面全变成黑色的腐殖土，正好用来施肥。

有时候图省事，干脆把花直接种在上面，那花大概因为得到充足的养分，总能长得特别茂盛。

每次这样做，都有一种在万人冢上建婴儿房的残酷感。但想想，"叶落归根"，不是同样的道理吗？唯一的不同，是落叶归了自己的根，滋润了母体，使下一年的树叶能长得更丰美。至于用小草滋养别的植物，则是不同植物之间的牺牲与奉献。

这使我想起早期的因纽特人。

冰天雪地里，帐篷中新一代诞生了，父母兴奋地抱给祖父母看，老人家露出欣喜又凄惨的笑容，把孩子交回母亲的怀里，二老缓缓起身，走出帐篷，走入风雪，走向死亡。

我原本不相信这是真事，想那必是小说家杜撰出来的，直到一位专门研究民俗伦理的教授说：

"这世界上许多民族，在食粮不足的情况下，都有杀亲的习俗。"他笑笑，"有什么办法？大家都要活下去，当然是使下一代的生命能延续，来得更重要！"

又让我想到曾见过的一个可怕的画面——

两只螳螂交尾，身体末端紧紧结合着，那母螳螂居然回过头来，咬住公螳螂的头，一口口吞下去。

于是两只螳螂构成了一个圆圈的图案，公螳螂的两端都被母螳螂攫获，一端贡献了精液，一端牺牲了生命。

至于生物学家则说得妙："或许这也是一种自然现象，公螳螂的身体正好提供母螳螂产卵所必需的蛋白质。"

那评论多么平淡、多么无情，问题是宇宙之中的现象，本来就都是一种自然。即使最不自然的现象，也是自然。《老子》不是说吗：

夫物云云，各归其根，归根曰静，静曰复命，复命曰常，知常曰明。

我们要把这一切的现象，看作平常，才能算是明眼人、明白人！若是不能明白这道理，试图改变一切，照老子的说法，反而会造成灾害。

怪不得环保人士，反对把落叶扔进垃圾场，再为树木施化学肥料的做法。有什么比粪肥和草木灰来得更好呢？

吃在田里、工作在田里，畜生拉在田里，人们排泄在田边。吃下去的谷子，成为粪肥；多下来的茎叶，成为堆肥。最后人死了，也埋在山脚、田边，这就是"夫物云云，各归其根"！

如此说来，牺牲的泥炭苔，殉死的爱斯基摩人和完全奉献的公螳螂，不都是为了生生不息，而"各归其根"吗？

❧

两年前，到周口店的龙骨山。不算高的乱石山头，被考古学家镂了一个又一个的大洞，先发现了距今大约六十万年的"北京猿人"，隔不久，又在山顶发掘了距今一万八千年的"山顶洞人"。

站在遗址前，想想前后相距近六十万年的两种人，山洞的位置，居然距离不超过五十米。

这是多么可怕啊！

数十万年，泥土不断地堆积，人不断地死亡，不断地掩埋，不断地重叠，不断地遗忘。一代又一代，竟不知自己正在千万年间，祖先的遗骸上生活。

面对记忆中的龙骨山，我发觉那就像是一座泥炭苔的山丘，只是重叠的不是泥炭的苔藓，而是一代代的人类——

以他们的身体做地基，建筑起子子孙孙的城堡。

往日情缘

一道心流，
从我们的丘壑深处涌出，
凝成一条小溪，汇成一道江河，
且在某个安静的夜晚，
当我们轻启心扉时，
澎湃激荡地涌现……

童年的那条河

逛北京美术馆，没见到什么特别吸引我的画，倒是对两尊雕塑留下深刻的印象。

不知是否过去的权威与偶像已被打破，英雄伟人的雕塑全移到了冷落的长廊尽头，唯有两个平凡女子的塑像，被安置在大门两侧。

那确实是平凡的女子，一个像是少妇，只见两肩和斜望着下方的头部，作品的题目是"日日夜夜"；另一尊是小女孩的全身像，从穿着看，大概属于农家的孩子，左手挽着上衣角，似乎用衣服兜着什么东西；右手高高地举着，童稚的面孔，专注地望着前方，作品的题目则是

"童年的那条河"。

多么妙而令人费解的两个雕塑啊！一个头像，为何叫作"日日夜夜"？不见一丝水花或渔家的装扮，为什么题为"童年的那条河"？

我伫立良久，终于体会那作品的精神。如同诗的"含不尽之意，见于言外"，像是绘画"于不着墨处下功夫"，它们正是在"无斧凿处用力"，以暗喻的方式，表达灵思与情韵！

细细看那少妇，充满怜爱、满足与温馨的面容，不正望着怀中日日夜夜哺育的幼儿吗？

注意那女孩的右手，不正攥着一块扁平的小石头，准备扔向"童年的那条河"吗？

于是我们就可以想那奶娃儿的甜美与一弯清浅的澄澈，甚至忆起自己儿时、疼爱我们的母亲，以及不断抢拾称手的小石片，吆喝着，使劲掷向河面，看那石片在水波间掠过，一漂、一漂、又一漂……

　　相信每个人记忆的深处，都有那么一个日日夜夜俯望着的慈颜，她垂着眼睑，让我们看到丰厚的下巴，也可能垂下几丝秀发，这是我们长大之后，便再难看到的影像。对着比自己矮了一大截的母亲，当然不容易见到儿时从她怀中仰望的同样画面，但是那襁褓中的日日夜夜，毕竟深深印在我们的心版上，且是在那本书的封面与扉页之上。

　　相信每个曾经在乡村住过的人，记忆中也必然有着那么一条童年的河。没有污染，没有喧嚣，只有鸟语、虫鸣与孩子们笑声的一条心河，从我们的丘壑深处流出，如甘洌、清泉，点点滴滴、丝丝缕缕，凝成一条小溪，汇成一道江河，且在某个安静的夜晚，当我们轻启心扉时，澎湃地激荡、涌现……

往日情缘

我尤其记得梦中飞越一条长长的川流，

川上有帆，一片接着一片，

我则从帆顶掠过，

奔向远天的一轮明月……

月之梦

　　少年时，我住在一个小楼上，卧室窗子对的不是街道，而是鳞次栉比的矮房子。那时，台北的高楼没几栋，路灯也稀疏得可怜；夜晚从我的窗子望出去，由于屋屋相连的阻隔，竟连人家的灯火也不易见到。当夜色转为深蓝，窗外的风景，除了院角伸过来的疲瘦的槟榔，就只剩下一片屋瓦的单调画面。

　　但是我喜欢凭窗，在那一排排日式房子的灰瓦间驰骋童年的幻想。而灰蓝的幻想，也竟能千变万化，闪出许多种光彩，这是因为有了月亮。

　　月亮不必从房脊上探出来，有时候高悬在我屋顶，从窗内见不到的角度，反而更有趣味。只觉得槟榔树梢间染上一抹蓝，原本灰黑色的屋瓦，闪漾出点点的银光，像是溪上风来，又仿佛一尾尾卧着的鳞鱼。上方洒下的，好似夹着细雨银针，又蒙蒙罩着几许薄雾的月光，则变成了透明而流动的"月之海"。

随着月的移动，海里的鱼鳞不断变化，有的从浅浅的浮雕，渐渐镂深；有些自虚无的黑暗面，被解释成优雅的"薄意"。那像是鸱尾的脊角，更似乎随时会游入这月海之中。

从那时起，我的梦中就常出现月亮，有时梦见自己穿着睡衣走到窗外，站在屋顶上，真真切切地感觉到瓦面透出的寒意，缓缓沁入我的双足。

此刻，顶上的月光，则洒下银色的洗礼。风渐起，我全身松软，只觉得衣衫飘摆，竟斜斜地升入了天际。

于是我的小楼、四周的房舍，便都在我的脚下远去；那原本小小高悬的月亮，则扩大为满天光晕，无比地灿烂，却又蕴藉而柔软，将我团团包围，有一种完满而交托的感觉。

我也曾梦见自己在月色中飞越山峦，千峰在脚下像是折皱的银箔，泛着冷冽的光芒；其间的密林，则幻为宝石绿。好像在明艳的"石绿"色上，再淡淡地染上一层透明的孔雀蓝。

蓝蓝的树林间，有白色的古堡，高高的城楼，参差的堞垛，当我飞临其间，便听见悠扬的号角，和迎接我的国王、公主。

我还梦见自己像是夜鹭般滑过湖面，水中有月，而影在月心，振动的双翼间，则筛下千星万点的银粟，坠在水面，叮叮有声。

我更梦见自己飞入密林，如一支箭般在枝叶间穿过，针叶木刺痛我的肌肤，阔叶林则由顶上泛出翠绿的月光。我喜欢那种逆光的色彩，有着说不出的含蓄，明明只是暖暖微微之光，却能由眼中吸入，立刻浸透全身。

我尤其记得梦中飞越一条长长的川流，川上有帆，一片接着一片，我则从帆顶掠过，奔向远天的一轮明月。月光从船帆的另一侧透过，使那白色的帆布染上一抹淡淡的蓝，却又似乎带着几许白绿，甚至是柠檬黄。若用"月白"来形容总觉得太肤浅，但那复杂的色彩真是令人难忘，或许月光中带有某种特殊的质素，被那白色紧密的帆布滤下，若是将帆扯落，岂不是能挤出盈盈一杯冷冽而剔透的"月之华"？

当年金山街的小楼早已改建成大厦，鳞次的日式房子也剩不下几栋，最宜敬月的中秋，只怕仍有许多人家以轰轰的冷气，制造北欧式的清风。最宜赏月的楼头，许多已被宾馆的七彩霓虹灯所占据。当然，电视里是会有中秋特别节目的，人们可以团聚在这方形小月亮的前面吟风弄月。

但我总怀想起，那没有几盏街灯，而繁星闪烁；没有电视炫目，而明月当空的童年。有一年中秋，母亲催我上床，为我摇着蒲扇，发出沙沙微风的回忆，至今仍常在我异乡的月夜枕边被唤起。

而我梦中依然有古老的月，我也总爱一遍又一遍，重复地做我童年的月之梦。

往日情缘

做夜人，

如次日无事，当然是人生至乐。

但我们不太可能高卧不起，就苦乐参半，

头发也白了……（三毛）

她是否还做个夜人

　　跟三毛不算深交，却称得上知心的"文友"。

　　确实难得见面，碰上也少长聊，倒是借着一支笔，互通消息。

　　消息中更重要的是情怀，情怀最动人的是同情，这同情非怜悯，倒有些同病的体贴与会心。往往是在彼此的作品中，发现自己的影子，或对方道出了自己不吐不快的东西，便欣然击掌，向那人叫一声好。

　　有一回我在《迟翁梦呓》里写：

　　"回家就算已是深夜，仍要抚纸磨墨，画张小品，以求不负我心……"

没多久，三毛居然就以"不负我心"为题，写了篇散文，说终于在我的文章里找到了她苦思许久的一句话——不负我心。

三毛正是这么一个自我要求的人，表面上，她让人们看到的，全是洒脱的一面，私底下，却比谁都要求自己。她喜欢孤独，因为孤独最适于用来"自我审问"。

"不负我心"，就是"不愧对自我的要求"！

夜最安静、最孤独，也最适于自审。

所以三毛是属于夜的。

有一年我在皇冠写了篇《夜之族的呓语》，没多久就接到三毛的信：

> 今日这一篇，真正好文。那张图，好似是你用 X 光透视我们这种夜人而画的。
>
> "习夜之族"不能联袂，最中下怀。彼此隔窗远眺，会心一笑是也。就是爱静嘛！

就是爱静嘛！我常说三毛的流浪，不是求变化，而是找寻一种自我放逐的孤寂感。

愈是生活在掌声中的人，愈感受孤寂！

从前见古人说："动见瞻观，何时易乎？"没什么感觉。年龄愈长，获得的掌声愈多，愈能体会那种忐忑的心情。

所以每次三毛外出，我都想："岛内逼得她受不了了，她又自我放逐去也！"

可不是吗！今天三毛死，写她的文章不断，却少有人道出她的这种苦！那苦，不只是追求突破、追求理想、追求完美，更有一种如临深渊、如履薄冰的虚悬感，和对世俗应酬的无奈。

记得她有一次在信中对我说：

有时实在是累得快崩溃了，某先生善意

请我们中午十二点聚餐，这前一个夜，我就很
紧张，因为不敢睡。一紧张，天亮九点还是完
全清醒的，那个人，就是浮沉的，常常四十八
小时、七十二小时，因为次日中午有声，不能
早睡，深以为人生一苦。那种苦撑，就如吃了
LSD 的感觉一般。

又说：

　　我试着改过做"夜人"的习惯，不过没有
可能，只是台北琐事多。做夜人，如次日无事，
当然是人生至乐，但我们不太可能高卧不起，
就苦乐参半，头发也白了……

可见三毛是深为人际应酬所苦的。我常想，如果她
能像某些人长年在外，偶尔回台出本书，出版日就是离

台日，后面的掌声嘘声全不理会，或许能快乐些。

当然，由于陈伯母生病，三毛自己也弱，只身在外是不行的，尽管在岛内，居然还摔断了肋骨。

由陈伯母那儿得知三毛住院，还是外界全然不知的时候，我深夜跑去荣总，三毛拿被单遮着脸，说要拿东西砸我，因为没容她先化妆，且说太多笑话，惹得她伤口痛。

不久之后，收到她的信：

　　今天家里插着一大瓶野姜花，总算觉得，有一种与你共同的东西在分享。我仍在休息中，痛彻心扉原来不是形容词。

据说她最近一次大陆行，也遭受不少病痛，直到今天，终于结束了痛苦。

听到三毛过世的消息，我很惊愕，但更值得伤悲的是这个社会，我们没有给予她渴求的安宁。

　　于是她到另一个世界找寻安宁，只是不知，她是否还做个"夜人"！

往日情缘

白亮白亮的太阳，在水里跟鱼一起跳，

闪得眼睛都花了，捞上鱼来，

要隔好一会儿，才看得清楚。

那个白亮的夏

　　小时候，家旁边是大片的稻田，一眼望去，只有几幢农舍、几棵大树立着，再远，便见一排青山。成群的孩子，顶着斗笠，抱着畚箕，冲过细细的田埂，跳进小河里，用畚箕捞鱼。

　　白亮白亮的太阳，在水里跟鱼一起跳，闪得眼睛都花了，捞上鱼来，要隔好一会儿，才看得清楚。

　　然后，带着小鱼，采了姜花，孩子们又冲过田埂，到远处的大树下。大树不但是田野间最明显的目标，也是孩子们的精神领袖，搂着、抱着、荫庇着那群孩子在它怀里长大。

　　白亮白亮的太阳在四周，树荫就分外黑了，清凉的风，一缕一缕地吹来，更有那名闻四村的"神射手"，甩着用树上枝丫和车胎皮做成的弹弓，耀武扬威地出现，并应孩子们的请求，找那树顶的鸣蝉或小鸟，露上一手。

　　小时候的夏，就是这样。黑白鲜明，亮得照眼。热是热，但热得干脆，而且一入树荫，就消了！

　　二十多年过去。那群孩子都长大了，突然有人发起同学会，在过去念书的小学碰面。

　　当天，有穿西装打领带的，有围一件印尼蜡染裙的。一串人沿着小学操场寻根，四周成为高楼，全认不得了。学校墙外的车子呼啦呼啦地驶过，小河加了盖子，过去聚会的大面包树也没了影。一群人没走多远，都受不住热要晕倒，只好冲进旁边的咖啡专卖店。

　　"这夏天变了！"喘过气的人说，"变得不像咱们小时候那么黑白分明，这夏天是灰色的。热得不干脆，是油跟泥和出来的，连太阳都不一样了！"

❧

又过了十年，其中几个孩子，在美国碰了面，相约到长岛的一家聚会，不少人白了发、皱了眼尾。

车子驶过一片长满芦草的河湾，翠绿的叶子，在正午阳光的照耀下抖动。"那样子多像咱们小时候看到的稻田，见不到绿，只一片亮！"有人喊着，"还有那水，也是白亮白亮的，不知道下面有没有大肚鱼和姜花。"

几个人在院子里的树荫下聊天，大树是台湾不曾见过的法国梧桐，斑驳的树干，又白、又绿、又黄，像是打仗时的迷彩衣。有人过去摸摸树皮："可惜不是小时候的橡皮树、白千层，倒是这阴凉很像以前。"

女主人端了冷饮出来，有人大喊："喂！你家以前不是卖'枝仔冰'的吗？还有没有那种瓶子里带弹珠的汽水？"说着比了个开弹珠汽水的手势。

　　另外一个腆着肚子的老男生，则拉着主人的幼子，用树枝搅蜘蛛网："叔叔教你怎么粘蝉。"却又发现不够黏，于是找女主人要"强力胶"。

　　日斜了，大家在院子里生火烤肉，一阵阵白烟飘向天空，好像以前田里烧稻草。

　　肉烤完，还有残火，主人拿出番薯，放下去，盖上铁罩，等会儿就熟了。突然有人学起小时候"臭豆腐老孙"吆喝的声音："臭豆腐干……"

　　月亮出来了，虫声渐起，晚风也凉。

　　"多美啊！虫子叫、青蛙叫，好久好久没听到了！"台北来的远客感慨地说，突然放声问道，"你们记不记得我有一次夜里捞鱼，差点被淹死？"

　　"幸亏是那时候，如果换成今天，不淹死，也要被污染的水毒死！"另一边听人笑。

　　啪！有人打到一只蚊子，主人赶紧把蚊香点上，又叫孩子拿了防虫剂：

　　"快喷点！快喷点！美国蚊子，可比咱们台湾的毒，叮一下足足痒上两个星期。哪儿像咱们小时候的蚊子，一咬一大片，隔几天，全消了！"

往日情缘

这枕头是个虚虚实实的小世界，

有很多鬼魅在里面跑来跑去，

不可捉摸……

枕中天地宽

不知是否睡姿不良，从小就常落枕。既然没办法换脖子，只好常常换枕头。

记忆中，最早的枕头是个"中美联合面粉袋"的套子，装着灰白色的木棉。棉籽没除干净，隔着枕套，常可以摸到一颗颗。小孩都有"摸尖东西"睡觉的喜好，于是摸着枕头里的"圆球球"，就格外容易安眠了。

至于溽暑，那棉絮枕头的上面，则多加了层软软的小草席，或许是大甲兰做的吧！柔柔的，带点草香。只是三伏天就麻烦了，不停地淌汗，把那草席泡得有些酸咸菜的味道，半夜实在受不了，只好把枕头推开，屈着颈子直接睡在床单上。

自那时起，就常落枕。

于是母亲为我换了个小绿豆壳的枕头。小，大概是因为绿豆壳难得吧！也可能因为这枕头"实在"，所以小小一个，高度也就够了。

绿豆壳枕头，我用得最久，也最喜欢，甚至冬天都不放弃。它的好处不单是透气，而且另有妙趣。

譬如，棉枕的弹性大，好像随时要把我的头弹起来。绿豆枕则非但没弹性，而且具有"可塑性"，将头扭一扭，绿豆壳自然纷纷被挤到两边，留下中间一个凹处，恰好把头放下去。

至于最妙的，是声音。棉枕随你怎么转头，都安安静静，这绿豆枕则稍稍动一下，便沙沙作响，有些像陪父亲到淡水河畔钓鱼，夜里躺在他怀里听到的潮汐，一波又一波。

～❦～

　　枕头里的潮汐还在，父亲的潮汐却断了。

　　父亲入殓的时候，九岁的我，只记得他蜡黄的面容，睡在一个元宝形的枕头里，枕头两端高高的，中间凹下一块，卡住父亲的头。我心里直喊：这枕头那么硬、那么紧，父亲睡得多不舒服！

　　往后，每当我睡进绿豆枕，左右转转头，看枕头两边的豆壳全被挤得高高的时候，都想：这枕头也是两边高起，像个元宝，父亲死的时候，为什么不拿我这个去枕呢？

　　绿豆枕有时候也能成为我的玩具，把枕头抛在空中，听里面豆壳撞击的声音，再抓住枕头中间，使两头大、中间小，便觉得手里有绿豆壳滑过的感觉，再不然，抓住枕头一端，先觉得手底实实在在，渐渐豆壳溜掉了，手空了！枕头也就从手里坠落。

　　这枕头是个虚虚实实的小世界，有很多鬼魅在里面跑来跑去，不可捉摸……

看我这么喜欢绿豆枕，母亲却笑说，夏天真正清凉的是"蚕屎枕"，用那一颗颗蚕大便蓄成的。蚕因为吃桑叶，所以拉出来的屎也清凉，一点不臭，还香香的。

自从听她这么说，每次养蚕，看到那一颗颗黑色的蚕屎，我便舍不得抛弃，把它们集中在一个盒子里，希望能有个带桑叶味的枕头。睡在上面，不是去淡水河的水滨，而是夏天午后的桑树头。直到有一天，不小心把水打翻在蚕屎上，没多久，全变成一摊黑黑绿绿的东西，我突然有了反胃的感觉，赶紧把那盒蚕屎倒掉。

小学六年级，到狮头山毕业旅行，住在寺里，硬硬的榻榻米上摆了一排吐司面包样的东西，忘记是什么材料，只记得重重硬硬的，两边各钉着一圈钉子。更忘不了的是一群男生夜里顽皮，把枕头抛来抛去，突然有人大喊不好了，点亮灯，满脸鲜血，半夜送到山下。

枕头，这应该是软软的东西，居然可以伤人！

我开始对枕头有了新的诠释。

或许因为绿豆枕会把头陷在其中，造成整夜不转动，而僵硬落枕，母亲有一天拿了个新枕头给我："朋友介绍的，又硬又通气！"

那是竹子编成的，想是先在当中加了硬硬的框架，再缠上细细的竹皮，工很细，编成花样，且带着网眼，举起来对着光，隐约可见另一侧的东西，有点像鸟笼。

睡这个枕头，没有潮汐，倒有了竹林，和穿林而过的清风，有时候侧睡，耳朵贴着竹皮的网眼，真觉得有风在吹。所以虽然因为高，让我睡不习惯，这竹枕倒还伴了我相当的一段时光。

不知从什么时候开始，报纸上大做"药枕"的广告。

广告伴随着长篇大论，先谈睡眠与枕头的关系，再分析各种药枕的好处，仿佛用了药枕，不但能安眠，而且有清心、退火和滋阴补阳的功用。

药枕声色果然不凡，想必其中药材珍贵难得，竟比我当年的绿豆枕还小，提起来也是沙沙作响。闻闻气味，有薄荷的清凉、桂皮的树香、甘草的甜味、陈皮的辛辣……活像置身中药铺。

躺上去，就更不同了，不但像绿豆壳一样，有些滚动的声音，而且夹杂着干叶子折碎的音响，偶尔还发生断裂的效果，想必是由桔梗一类小枝子发出的，于是每一转头，便像是步入黄叶满地的秋林。

这药枕是否清心，我不知道，只晓得每天早上起来，一头的中药味，连女朋友都嗅出来了，歪着脸问："你是不是天天喝苦茶？"

于是我为她也买了一个。当别人洞房里都是一对龙凤大花枕的时候，我们的却是又小又扁的两个药枕。

只是这种情况没能维持多久，睡惯高枕头的她，不得不换回一个厚厚大大的棉花枕，许多朋友见到我们的床，都猜那小药枕是她的，大厚枕是我的。听到实情之后，则发出奇怪的笑，好像我的卧室里"乾纲不振"，老婆有以大吃小的嫌疑。

搬到美国之后，药枕虽然没有带，床上仍然是一高一矮，妻的枕头足有我的两个厚。有一次，转过脸，看她高高在上，便笑她是高枕无忧。

"如果你有忧，我能无忧吗？枕得再高也没用！"

我们确实经历了一段比较艰难的岁月，美国社会如同鹅绒的枕头，很软很软，却常冷不防地钻出一支羽茎，扎你一下。我的枕头也一换再换，总觉得不如以前在岛内用的，最起码没有了潮汐、竹韵和秋林。只是再回台湾时，竟然岛内也都换成了洋式的大枕头。

这次从台湾飞回纽约，走进卧室，一惊，原本二高一矮的枕头，居然都变成了矮的。

"你改睡矮枕头了吗？"

"没有！"

"那么你的高枕头呢？"

"收起来了！"妻说，"你每次一走就是三四个月，我明明一个人睡，何必用高枕头？只要摆两个矮枕头就够了，平常并排放着，看来好像你还在家。晚上睡觉时，则把它们叠在一块，成为一个高枕头。"

"我回来了，怎么办？"我笑道，"快拿出你的高枕！"

"不用！你不在，你的枕头是我的枕头；你回来，你的肩膀是我的枕头……"

往日情缘

许多人心中的那个壁炉和摇椅，

在现实世界，是不是真的美好？

抑或，那只是一种理想、一种感觉、

一个梦？

围一个圆满的炉

　　大学时，我在班上做过一个有趣的统计，问女同学："年轻时和年老时最大的愿望是什么？"

　　结果非常妙，许多女同学的答案居然很接近：

　　"嗯……年轻的时候，除了嫁个好丈夫，我希望去一趟欧洲，玩过欧洲，就算早早死了，也甘心！如果还能活到老年，我不求多，只盼望有个壁炉，坐在前面的摇椅上，织织毛衣、聊聊天，多温馨！"

　　二十多年过去了，我又拿出同样的问题，问年轻女孩子。

　　最后一个答案，居然跟二十年前的女孩子没有差异，近乎神奇地，许多人仍然说，希望有个壁炉和摇椅。

问题是，答话的人多半从小住在台湾，难得见到壁炉，她们又是从哪儿得来的印象呢？看她们脸上的表情，眼神因为向往而凄凄茫茫的样子，仿佛心里正勾出一幅白发妇人坐在壁炉前的画面，说不定老人身上还盖了一方薄毯，脚底下躺着一只老狗或懒猫呢！

这时候，我总是追问：你亲眼看过壁炉吗？还有那坐摇椅的真实景象？

答案当然是否定的，甚至问印象是怎么得来的，她们都说不出。只猜想定是在某个电影、某张名画或杂志图片上得到这种灵感。

于是我想，那壁炉前坐摇摇椅的画面，必然对许多人有着一种出奇的魅力。那魅力不是立即能感觉到的，很可能只是匆匆一眼掠过，便沉入了记忆，如同酒曲子，不断地发酵，渐渐成为一种挥不去的影像。

所以，这影像就是每个人心底再创造的，成为一种心灵的影像。只是那壁炉到底有什么伟大，值得许多人用心灵去描绘呢？

❧

初见壁炉，是十六年前在武陵农场，蒋公的行馆。当时，天不寒，没有火，阴阴暗暗的一块凹进墙壁的地方，反给人一种寒意。

尤其是夜间，风在外面吹，经过烟囱，仿佛小时候拿笔帽当哨子吹似的，呜呜作响，那壁炉则成为可能钻进什么古灵精怪的地方。

两年之后离开台湾，住在一位美国医生家里，总算见到真正燃火的壁炉，可惜的是前面没有摇椅。

有一回医生全家出去了，我经过熄灭的壁炉，又勾起心里那个有摇椅和温馨火光的画面，于是找了些报纸丢进去，上面架了一块木柴，再把报纸点着。

天哪！浓烟突然从炉子里冒出来，瞬间弥漫了整个房间，还有些火星噼噼啪啪地向外跳跃，我吓得一身冷汗，心想必定有什么地方没弄对，弯腰往壁炉顶上看，原来有个小铁门，是关闭的，顾不了炙人的火焰，把手伸进去，将铁门推开，烟一下子全朝铁门外的烟囱钻出去，我赶紧打开窗子，散出剩下的浓烟，又清理了掉在四处的灰烬，再坐下时，火已将熄，屋子里分外冷，我心里更寒，发现这壁炉还不如小时候家里烧的"火盆"。

火盆是烧炭的，但是所有的炭必须先在屋子外面"烧透了"，才能放进火盆里，否则容易一氧化碳中毒。

或许因为烧火盆实在麻烦，记忆中只有父亲在世的隆冬，母亲才会摆个火盆。

日本式的房子，格子窗上糊着白棉纸，冬天软软的阳光把花木的影子晒到上面。一家人围坐着，把手伸在火盆上，翻来翻去地烤，连脚也缩在椅子上，就着火盆的热气。从十只小手指头之间，看下面红红炭火的印象，在异乡的壁炉前，再次袭上心头。我开始怀疑，许多人心中的那个壁炉和摇椅，在现实世界，是不是真的美好？

抑或，那只是一种理想、一种感觉、一个梦？

❧

四十岁那年，终于自己有了个壁炉，买房子的时候，地产掮客特别指着介绍。只是我看看壁炉前的青石板，不过几尺就接着地毯时，想起当年在医生家差点闯下的大祸。

"哈哈！其实壁炉根本用不着！"掮客见风转舵，"整个屋子都有暖气，壁炉只是个装饰，喜欢这种感觉，就点一点，浪漫一下，否则根本不必用。"

于是，我把壁炉里扫干净，成为孩子放玩具的地方。冬天，走到门外，看邻居的烟囱都冒着烟，只有我的，冷冷地立着，而且上面的砖缝间，长出一棵小树，在北风里摇摆。

每次从风雪里归来，我常盯着壁炉看，心想：来年锯了树，要留着，试试冬天点燃一炉熊熊的火，并且把我那个会摇的皮椅子搬到前面，圆一圆年轻时的梦。

❦

十一月，到北京。热情的亲戚，请我去吃酸菜羊肉火锅。

亲戚的房间倒还算正式，厨房就不成样子了。男主人拍着我肩膀笑道：

"瞧瞧！我自己用黄泥盖的厨房，这是你嫂子的地盘，怎么样？不错吧！"

我看看厨房四壁，全贴着旧报纸，女主人笑笑："这叫'报馆'，因为墙漏风，冬天冷死！"

说着跑进两个小脸冻得红扑扑的小孩儿，一头挤进已经难有移脚地方的厨房。

女主人吼着孩子出去，一边不好意思地说："地方这么小，两个孩子偏爱往里钻，我们家先生也老爱来凑热闹。哪一天，真得把小土屋子挤垮了哟！"

❦

走出他那黄土岗的小巷子，回到王府井大街的王府饭店，我久久未能成眠，眼前一直晃着那两个小孩儿的影子，看见他们蹲在炉子前面，伸着小手烤火的画面。还有那男主人，也伸着巴掌，拍拍这双小手，又摸摸那双小手。

我想，我们每个人心中的那个炉火，其所以可亲、可爱、可向往，都并不是因为前面有块地毯，或身下有个摇椅，而是因为有一种不用说话，就能传达的温馨感觉。

那炉火，是凝聚、是完满、是家、是爱……

离合情缘

不再恨他、不再爱他、不再要求他，
只是似水流年般，在我生命中
曾经流过的一段岁月！

似水流年的爱

看梁家辉主演的《情人》。没有被其中的激情戏感动，反而感动于那激情中的不激情。

一个贫穷的法国少女，一个有钱的中国男子，在渡船上相遇，接着沉入如火如荼的爱情。那是爱，也不是爱，耽于肉欲的男子，爱慕虚荣的少女，在 19 世纪 20 年代动荡不安的越南，上演一部浮世恋曲。

他们似乎只是想用做爱的快感，替代生活中的痛苦。像是纠缠在地面翻滚的蚯蚓，失去泥土的保护，承受烈日的蒸腾，快感与不安同时呈现，也就愈是用彼此的激情来压抑不安。

直到，一年半后，少女离开越南。

镜头从码头上热闹的人群拉开，随着船，逐渐远去，少女终于看见情人的车子，远远地停在码头一角。当然，还有车中的情人。

没有吻别，没有祝福，甚至没有挥手、没有眼泪。只是冷冷地彼此注视着，注视着彼此从对方的眼里消逝。

然后，船进入大海，客舱中传来笑闹声，船外是无比的沉静，少女缓缓坐下，突然浑身一震，万般滋味袭上心头，她发觉——

他们之间的爱，可能是真的。

以前读西洋的《诗论》，其中一句话，留给我很深的印象——"诗，起于沉静中回味得来的趣味"。

年龄愈长，愈感觉这句话的真实。许多美、许多爱，都不在发生的那一瞬。因为那一瞬只有激情、只有感动，过多的感动反而不真实了。直到事情过去，蓦然回首，那滋味突然浮现……

✖

曾听一位女留学生说：

"离开台湾前两天，我跟相恋多年的男朋友有了最后的激情，希望用激情忘掉别离，希望激情中时间能够停止，我对他说：'说服我，叫我留下来！'但我还是走了。原猜想在机场我会难以承受，奇怪的是，当他出现在人群中，我却变冷了，出奇地冷静，好像他只是普通朋友似的。我必须跟每个送行的人握别，套上一个又一个花环。照相、又照相。好多人都掉眼泪，他也掉，搂着我哭，我竟然没哭，反而劝他不要哭。上了飞机，好热闹，四周都是留学生，谈着未来，接着又填报关单，我心里好奇怪，一边填单子，一边有点恨我男朋友，觉得他在机场的泪脸真是幼稚。我要面对的是一片陌生的地方，从上飞机，就得开始一个人打拼。扩音器传出'纽约正下大雪'，可是想想他，他大概正在阳光普照下哭呢！直到今天，房子找定了，课也跟上了，我才开始想他，愈想他，愈想他……"说着，她掩面抽泣了起来。

尼采说："痛苦，就没有时间流泪了。"或许这女孩子离别时的麻木，就因为她要准备承受陌生环境的考验。

相反，那留在台湾的男孩子，因为没有环境的改变，触目又都是与爱人的记忆，日子就难过多了。这时候，如果两个人通电话，很可能是一头热，一头冷。热的那头，躺在沙发上哭诉；冷的这头，蹲在地上，呵着手心，面对一屋子的空，和没整完的行李，听对方诉离情。

然后，特别痛苦的男孩子，渐渐平复了。曾经无暇流泪的女孩子，渐渐重拾了往日的情怀，再打电话过去，两头的冷热调换了，甚至这头责那头今天的冷，那头责这头昨日的无情。

猜忌深了，人断，情可能也断了。

这种爱情的悲剧，在留学生圈内，一幕又一幕地上演。大家看多了，看淡了，似乎已经变成当然。

　　只是，我常想，当有一天，他们相遇，在眼睛一闪的接触中；在偶然收拾东西掉落的一张照片里；在旧地重游的时刻，会不会产生玛格丽特·杜拉斯写作《情人》时的感动？

　　一位离婚又再娶的朋友对我说：

　　"每次带老婆孩子出去玩，走到跟前妻去过的地方，感觉都好奇怪。大概是恋旧吧！也可能人有这种先入为主的观念，只觉得那地方应该属于上一次跟我来的前妻。甚至心里有点纳闷，为什么今天是另一个女人在身边呢？再婚这么多年，孩子都好大了，平常想到前妻，从以前的恨，到现在的麻木，全然成了陌生人。只有旧地重游的那一刻，有种怪怪的感觉……"

　　于是，我了解到：

　　"爱"不但像"诗"一样，起于沉静中回味得来的趣

味，而且可以再三地精制，把一切的激情、愤懑，甚至
"爱"，全部过滤掉，剩下一种淡淡的感觉——

　　那个我不再恨他、不再爱他、不再要求他，只是似
水流年般，在我生命中，曾经流过的一段岁月！

离合情缘

少年人如同春天，
一番雨、一番暖，病一次、长一次。
老年人如同秋天，
一番雨、一番寒，病一回、老一回！

孩子，出去找你的世界！

　　九月初，先是岳母去大陆探亲，接着儿子回哈佛上课；十月上旬，我又陪老母到了台湾。

　　原先的七口之家，一下子只剩三个人。加上妻要工作，白天家里就只有三岁多的小女儿，和七十多岁的老岳父了。

　　打电话过去，孩子直问："爸爸、奶奶和婆婆什么时候回来？"妻则说孩子很乖，比家里人多的时候更听话，只是爱黏着她，寸步不离地跟在身边，好像怕再有大人，随时可能离开似的。

　　放下电话，我兀坐了良久，想那小女儿的心境。

可不是吗，她岂知大人因为各有要事而远行？在那小小的心灵里，只知道爱她的婆婆、哥哥、奶奶和爸爸，一个接一个地离开家。她怎能没有妈妈和外公也离开的恐惧呢？

恐怕偌大的家里，只剩下她一个！

再想下去，就令我悚然而惊了。算算家里的三位老人年龄加起来超过两百二十岁，就算他们再长寿，不也可能在那小丫头二十多岁之前，一一离开吗？

还有我们这做父母的，如果照我父亲去世的年岁算，竟连再陪她十年，也成为奢想。

我心寒了，觉得四十多岁再生下她，固然是无比欣喜，却也有了一种先天的遗憾，怕自己难陪她走过较长的人生旅途。

记得儿子小时候，总要我带他去"大冒险乐园"玩。先乘两三个钟头的车子，接着又得陪公子坐那"云霄飞车"和"自由落体"各种惊险的游戏。

最初去，下了三百六十度连转两圈的云霄飞车，我觉得过瘾，问他还要不要再来一次，他苍白着脸，想了一下，摇摇头。

只不过两年后，再去，却由我摇了头。

而今眼看小丫头就要长大，必定有一天会跟她哥哥小时候一样，要去"大冒险乐园"。到时候，我怎么办？

前人说得好，少年人如同春天，一番雨、一番暖，病一次、长一次。老年人如同秋天，一番雨、一番寒，病一回、老一回。

看那孩子们，可不是病一次、长一次吗？病完了，猛吃一阵，不但原来消瘦的，全补了回来，且长得更高，更壮。

相对地，中年以后的我们，则日日往下坡溜。

想到这儿，又觉得中年再生孩子，别有一番好处——父母一天天老了，需要人照顾，正好孩子一日日长大，可以负起照顾的责任。

也确实见到不少朋友，过了适婚年龄未配，就是为了照顾年老的父母。这些人常是老幺，父母年老有了他们，他们从小跟在父母的身边，眼看双亲一天天衰退，自然产生一种休戚与共的感觉，也"就近"责无旁贷地挑起照顾老人的责任。

于是，我这小小的女儿，不正将成为我未来的拐杖了吗?!

返台一个月，再拨电话去，妻说小丫头已经不再黏人，因为家里为她养了一只兔子，而且跟邻居孩子交了朋友。小丫头不是在家玩兔子，就是去邻家串门，一点都不用大人操心了。

我高兴地放下电话，突然觉得心里好澄澈、轻松。

过去常怕自己年老，孩子却离开身边的失落，但是再想想，老一辈总要先走，应该说离开的不是孩子，而是长一辈。当我们活着的时候，孩子即使不在身边，总能找得到。而当我们死后，反而让仍然活着的孩子，再也无法追寻。

如果我们永远在孩子心中排第一位，当我们逝去，他们将受到多么严重的打击！如此说来，能见到他们找到自己的朋友、伴侣，又是多么值得我们欣慰的事！

于是，我想当我老的时候，坐在火炉前，会对陪在身边的孩子说：

"不要总窝在我们身边。穿上大衣，出去玩玩雪！找朋友聊聊天！你还年轻，那外面的世界正等着你去发现……"

离合情缘

你看几遍，就是几遍『我爱你』，

愈看愈甜，

那些字不但跑不掉，

而且味道愈看愈浓……

愈看愈浓

　　"谈恋爱好忙哦！"一个学生对我说，"晚上要约会，夜里要通电话，打完电话还得写情书。"

　　"这是何苦呢？有话在约会和打电话的时候都讲了，何必还要写信？写，多慢！"我说。

　　"那可不同了！话是用讲的、用听的；信，是用写的、用看的。"学生理直气壮地说，"说一句'我爱你'，听完就没了，写出来，可不同！你看几遍，就是几遍'我爱你'，那些字不但跑不掉，而且味道愈看愈浓。"

　　她的这番话，使我想起有一年办师生画展，一位美国学生说，她特别寄了份请帖给女儿，要女儿来参加开幕酒会。

"女儿住得远吗？"我问。

"跟我住一起，还没嫁呢！"

"那么何不交给她？"

学生一笑："交的不等于寄的，你一天可以交几十样东西到家人手里，邮差却只来一次。当她看到贴着邮票的信封上，有我亲笔写的字时，感觉就'重'多了！"

这也使我想起一位老朋友的话：

"结婚二十年了，夫妻从没分开过，即使远行，也是一块儿。最近有急事，他临时由办公室要快递公司送回一件东西，拿到手上，我吓一跳，有种好怪的感觉。"她幽幽地说，"他的笔迹、我的名字。二十年了，不曾看过他写来的半封信。那一刹那，好像又回到了寄情书的时候，多熟悉、又多遥远的笔迹啊！"

老朋友的话，没多久，就在我身上得到了印证。

虽然总是离岛，但每周一通电话，甚至两通、三通，

声音亲切，也就觉得人在身边。前两天，妻寄来帮我校
对的稿子，顺便夹了封信，也夹来好多感觉。

　　信仍然是密密麻麻的，用她工整的小字，一笔不苟
地写。有些地方笔迹、墨色突然有了改变，想必是分几
次写成。或许也正因为如此吧，有些段落显得开朗乐观，
有些则变得消沉。消沉的或是深夜完成的。只是，写的
人不自觉；读的人，却有了高低起伏的感触。

　　我一遍又一遍读。突然想起周梦蝶的诗——

　　　　向水上吟诵你的名字

　　　　向风里描摹你的踪迹

　　　　贝壳是耳，纤草是眉发

　　　　你的呼吸是浩瀚的江流……

　　　　　　　　　　　　（《孤单顶上》）

　　信，居然是如此吞吐辽阔的！我可以一句一句地读，

也能一笔一笔地追索。仿佛顺着那些笔触，能见到她书写时的姿态，抓住她书写的心情。

于是，我想：电话是否像电视剧一样，虽然生动，却剥夺了我们读小说时所有的"空间"。

那是一种用心灵创造的空间。在心里勾画出一幅图画、一片风景。

我也想：

有好的感觉，好听的话，除了说给另一半听，也应该写下来。让读的人，追慕你的笔迹、你的心情。如同我学生说的：

"那些字不但跑不掉，而且愈看愈浓！"

离合情缘

会不会有一天，当我们临去的时刻，

才发现一生中的最爱，

竟是那个已经被遗忘多年的……

遗忘多年的最爱

　　十几年前，在亚洲影展看过一部日本的科幻片——
《日本沉没记》。

　　片子里虚构，某年日本东侧的太平洋，发生了地层
滑动，大块的土地崩坍，滚入深不可测的海沟。

　　眼看扶桑三岛就将沉没，日本人开始四处逃生。有
人显现了末世无法无天的丑陋面，有人表现了牺牲的情
操，有人坚守着土地，端坐在祖先留下的木造房子里，
一起沉入海洋。

　　记忆最清晰的，是一对情侣，在混乱中失散。电影
的结尾，映着年轻女主角，独自坐在火车上，眺望窗外

景色的画面。一片草原与蓝天，这异国的土地，成了她未来的家。

至于她的恋人，片中没有交代。只是在每个观众心底，留下许多遗憾。

窗外的景色愈美、愈祥和，愈令人遗憾。

初到美国的时候，在一位同学家做客。他是个既英俊又有才华的男人，却娶了才貌都远不能相配的女子。尤其令人不解的，是他竟然抛弃了在国内交往多年，早已论及婚嫁的女朋友。

"我的父母、兄弟都不谅解我！"他指了指四周，"可是你看看，我现在有房子、有家具、有存款，还有绿卡。谁给的？"他叹口气，"人过了三十五岁，很多事都看开了，我辛苦一辈子，希望过几天好日子。"

只是，我想，他心里真正爱的，是谁呢？

꙰

读谢家孝先生写的《张大千传》，五百多页的传记看完，到"后记"，又发现一段重要的文字。大意是说张大千的后半生，固然有妻子徐雯波在侧，但壮年时代，杨宛君才是陪他同甘共苦，而且相爱相知最深的。

帮助张大千逃出日本人魔掌的是杨宛君，陪他敦煌面壁、饱受风沙之苦的也是杨宛君。只是大千先生在接受谢家孝访谈时，却绝少提到这位他生命中最重要的女人。

谢家孝先生说：

"是不是他顾及随侍在身边的徐雯波，而避免夸赞杨宛君？"

"海峡两岸来日，不论谁拍摄'张大千的传奇'真人真事，杨宛君应是女主角地位。"

"他（张大千）在八十岁预留遗嘱中，特别在遗赠部分写明要给姬人杨宛君，足证在大千先生心中，至终未忘与杨宛君一段深情岁月。"

合上书，我不得不佩服谢家孝先生，作为一个新闻人实事求是的态度。在《张大千传》完成十三年，老人仙逝十年之后，终于把他不吐不快的事说出来。

这何尝不是大千先生不吐不快，却埋藏在心底三十多年的事呢？

也想起有"民国才女"之称的林徽因，在跟徐志摩轰轰烈烈恋爱之后，终于受世俗和家庭的压力，嫁给了梁启超的儿子梁思成。

梁思成的才具不在徐志摩之下，他是中国古代建筑研究的先驱，一直到今天，他四十年前的作品，仍然被世界建筑界认为是经典之作。

走遍中国山川，又曾到西方游学的梁思成，毕竟有不同的心胸。

当徐志摩飞机失事，梁思成特别赶去了现场，捡回一块飞机残片，交给自己的妻子。

　　据说林徽因把它挂在卧室墙上，终其一生。

　　我常想，梁思成之爱林徽因，恐怕远过于林之爱梁。问题是，这世上有多少夫妻不是如此呢？每个人都有他自己的心灵世界，在那心灵的深处，不见得是婚姻的另一半。

❦

　　有位飞黄腾达的朋友对我说：

　　"我一生做事，不欠任何人的。对父母，我尽孝；对朋友，我尽义；对妻子，我尽情。如果说有什么亏欠，我只亏欠了一个人——我中学时的女朋友。她怀了我的孩子，我叫她去堕胎，还要她自己出钱。我那时候好穷啊！拿不出钱。问题是我不但穷，而且没种，我居然不敢陪她去医院。"他长长地叹了口气，"到今天，我都记得她堕胎之后苍白的脸，她从没怨过我，我却愈老愈怨自己，如果能找到她，我要给她一大笔钱来补偿……"

他找了她许多年，借朋友的名字登报寻人多次，都杳无音讯。

怪不得日本有个新兴行业，为顾客找寻初恋的情人。据说许多恋人，隔了六七十年，见面时相拥而泣，发现对方仍是自己的最爱。

有一天，接到一位长辈的电话，声音遥远而微弱，居然是母亲十多年不见的老友。

母亲一惊，匆匆忙忙由床上爬起来，竟忘了戴助听器，有一句没一句地咿咿呀呀。

我把电话抢过来，说有什么事告诉我，我再转达。

电话那头的老人，语气十分平静：

"就告诉她，我很想她！"

过了些时，接到南美的来信，老人的孩子说他母亲放下电话不久，就死了。脑癌！

战战兢兢地把消息告诉母亲。八十多岁的老母居然没有立刻动容，只叹口气：

"多少年不来电话，接到，就知道不妙。她真是老妹妹了，从小在一块，几十年不见，临死还惦着我。只是，老朋友都走了，等我走，又惦着谁呢？"

母亲转过身，坐在床脚，呜呜地哭了。

是不是每个人心灵的深处，都藏着一些人物，伴随着欢欣与凄楚。平时把它锁起来，自己不敢碰，更不愿外人知。直到某些心灵澄澈的日子，或回光返照的时刻，世俗心弱了，再也锁不住，终于人物浮现。

会不会有一天，当我们临去的时刻，才突然发现一生中最爱的人，竟是那个已经被遗忘多年的……

离合情缘

死就是再也不回来，
就是使过去的甜蜜变得更甜蜜。
于是，
我们开始知道把握生、欣赏美、接受死！

你我都将走的一条路

女儿过四岁生日，朋友送了一卷名叫"雪人"的卡通录影带。

片子里描绘一位小男孩堆了个雪人，半夜从窗口望出去，雪人居然活了，向小男孩招手。

小男孩偷偷溜出去，先带雪人进屋参观，接着雪人则拉小男孩在雪地里奔跑，跑着跑着，竟飞上了天。他们穿过城市、飞过海洋、越过冰山，到达了北极，那里有许许多多的雪人，大家一起玩耍。

然后，雪人把小男孩送回家，自己依旧站在原来的地方。

第二天，小男孩被耀眼的阳光照醒，拉开窗帘，雪人居然不见了，只剩下帽子和围巾，留在地上。

心爱的东西不见了！

"雪人不见了！"片子放完，小女儿有些失落地说，"他为什么不见了呢？他还会不会回来？"

"雪人融化了！不会回来。可以再堆一个，但新堆的雪人，已经不是旧的雪人。"我说，"这世界上，很多我们心爱的东西，有一天都会不见，而且再也不回来。"

小女儿似懂非懂，怅惘地进去睡了。

"为什么做这样伤感的卡通给小孩子看呢？"我对朋友说。

"因为这是教育的一部分！"朋友讲，"所以我们要给孩子养小宠物，先教他们有爱心，由过去的被爱，到爱自己的宠物。然后，就是教他们伤心，因为小动物的生命总是比较短，当宠物死去的时候，他们会伤心得不得了，第一次了解什么是'死'，死就是再也不回来，就是使过去的甜蜜变得更甜蜜。于是，他们开始知道把握生、欣赏美、接受死。人只有这样，才算成熟！"

"可是如果孩子才三四岁，就接触死的事实，不是太残酷了吗？"我说。

朋友一笑：

"也有对付小孩的方法。当他们养宠物的时候，你可以找一天，偷偷把宠物送到外面藏起来。"

"孩子一定会急死了！"

"对！让他们急、让他们找。过一两天之后，你再偷偷把宠物带回。然后对孩子说：小动物是回去看它妈妈、爸爸了。你有爸妈，它也有爸妈，它看完又回来了，多好！"朋友神秘地一笑：

"于是，当有一天，小动物真死了，你只要把它偷偷埋掉，并且对小孩说：'它又回去看爸爸妈妈了！'小孩就不会太伤心，只是一直盼，盼宠物再回来。即使永远不回来，小孩也会比较泰然，说'它妈妈舍不得它，不让它回来'！"

这是多么高明的做法啊！以如此悠然淡远的笔法，把死亡的轮廓勾出来。却又在绝灭当中，带一分盼望，并对死亡加入了许多谅解。

死亡就像登大峡谷？

"死亡像是大峡谷，许多有惧高症的人，到了大峡谷，却不敢往下看，结果不是白去一趟吗？"美国电视上探讨心理治疗的专题中，一位医生说，"所以，每个人都应该学着面对死亡，那是我们一生中最壮阔的景色。既然无法逃避，就去面对它，甚至欣赏它，你反而可能因此而站得更稳。"

那位医生的统计，证实了他的话。

他把患乳腺癌的妇女分为两组，一组只接受放射治疗，另一组则外加心理疗法，后者居然比前者平均多活十八个月。

"我不能治愈她们，只是教她们面对生命、面对死亡。"医生说，"死亡是赶不走也打不倒的敌人，我们只好学着跟他相处。"

愈早面对，愈成熟!

我常想，人从出生，就在走向死亡，我们一生中，似乎也就在知觉与不知觉中，学着面对死。

我们的小宠物死了、祖父母死了、父母死了，最后则是自己的死亡。

从小到大，每个死，都给我们一次打击。正因此，使我们愈来愈坚强，坚强得能够承受最亲爱的人的离去，坚强得使我们能以较平静的心，面对自己的死亡。

我发现，愈早能面对死亡的人，愈早成熟。因为"认识死"的背面，是"把握生"。接受死的事实，表现一个人有了真正的"客观"，他了解世间的美好，包括自己的本体，不可能永远不变。

只是先后而已!

我总记得几年前在报纸上看到的一段消息：

一对共用一个心脏的连体婴，在奇迹般地活过七个年头之后，终于告别人世。

姊姊比妹妹早十五分钟死亡。当妹妹发现姊姊已经死去，很平静地说："现在，我们就要死了！"

她要求父亲赶回来见最后一面，并且写了一份朋友的名单，希望母亲帮她们去道别。还说希望火化，因为不要被关在小小的木盒子（棺材）里。

我常想那孩子临终的表现，当别的孩子还懵懂无知时，她们已经能平静地面对死。

我尤其记得，那母亲说：

"她们的个性完全不同，却能相处融洽。当你发现无法跟争执的人分开的时候，自然会想办法和睦解决。"

　　我们每个人，都生活在这地球上，无法分开。

　　我们每个人，都将走向死亡，如同那对连体的孩子，只是先后而已！

　　我们应该向她们学习，化解一切的仇恨与争执！